JN100624

ごろごろみかん。
[ill.] 藤村ゆかこ

目次

クズ殿下、
断罪される覚悟はよろしいですか？
大切な妹を傷つけたあなたには、
倍にしてお返しいたします
レイチェル・レーナルト
生まれつき銀色の髪だったことから両親に虐げられてきた公爵令嬢。妹に訪れる最悪な未来を知り、自ら王太子の婚約者に名乗り出る。両親によって強引に詰め込まれた教養が功を奏して国の不正に気付き、フレイランに協力する。

# 登場人物紹介
Main Characters

## フレイラン

リージュ国第二王子。王太子の悪事を告発するため画策している。聡明なレイチェルを信頼し、お互いの利益のためにある取引を提案する。

## アロイド

リージュ国王太子。傲慢で自己中心的な性格。今までの婚約者候補は謎の死を遂げているようで…？

## フェリシー

レイチェルを気遣う心優しい妹。
王太子と婚約する未来では、謂れのない罪を着せられてしまい…。

## バドー

第二王子の秘書官。
いつもフレイランに振り回されている苦労人。

# 第一章　絶対王政

優しい娘だった。

（不義の子だと実の親にすら見捨てられていた私を唯一家族として扱ってくれた、優しい娘。だけどきっと、私はあの娘の優しさに甘えていたのだと思う）

教会の晩鐘が終わるその時が、彼女の命が終わる瞬間。

『お姉様、私はね、この家は異常だと思う。だけどそんな境遇下にあってなお私が強く生きられるのはお姉様のおかげなの。お姉様がいなければ今の私はいなかった』

姉に会いに来たら罰を受けるのは彼女なのに、いつだって彼女は周囲の目を盗んで会いに来た。

『いつかきっと、この状況は変わるわ。ううん、変えてみせる。だから、待ってて』

閉じ込められ、監禁された姉のために状況を変えようとただひとり頑張っていた。

「――――」

心臓がばくばくと嫌な音を立てる。

処刑を娯楽としか思っていない観客の熱気で、息がしにくい。

妹が軍兵に連れられて処刑台の前まで歩いていった。呼吸が浅くなる。夕陽の光が逆光になって見えにくい。チカチカする視界の中、どこからか教会の晩鐘が鳴った。重たくも厳かなその音が、処刑の合図だということはすぐに気がついた。

処刑台の隣に控える軍兵が手を上げる。処刑人がギロチンの紐を握り、妹を寝かせた。

（やめて、やめて……嫌）

今にも叫び出しそうになっていた。闘技場は観客の熱気に包まれ、あちこちからヤジが飛ばされ、異様な盛り上がりを見せていたが、そのどれもが耳に入ってこない。真っ青な顔で、ただ食い入るようにその光景を見つめる。

そして、三回目の晩鐘が鳴り終わる時。ギロチンの刃は落とされた。

＊＊＊

嘆き悲しむ母に、声を荒らげる父。

父母、といっても彼女にその実感はない。彼らはいつも彼女を出来損ないの娘として扱い、決して実子であるとは認めなかった。

「ああ……！　こんなことならフェリシーではなく、レイチェルにすればよかった！」

「馬鹿かお前は。出来の悪い娘を押しつけたとなれば王室は機嫌を損ねる。こうするしかなかったんだ」

「フェリシーがここまで愚かだとは思わなかったわ。どうしてこんなことに……。私たちまでお咎めを受けるのよ？　私は関係ないのに！」

両親の部屋から漏れ聞こえてくる罵倒と怨嗟に、最初はなんの話をしているのか全く分からなかった。

今日は起きた時から屋敷の様子がおかしかった。だから、使用人の目を盗んで部屋を抜け出した。言い合いのような声が聞こえてきて向かえば、そこが両親の部屋だったのだ。

「どうして私ばっかり！　こんな目にあうのよ……！　こんな家、嫁いでこなければよかった！」

「なんだと？　元はと思えばお前があんな娘を産んだからだろう！　そのせいで私は社交界でも笑いものだ！　っ……そもそも、あの娘は本当に私の子なんだろうな⁉　お前がどこぞの役者と通じてたのは知ってるんだぞ！」

「私を疑うの⁉　レーナルト家より格式高いセルスヴィア家の生まれであるこの私を！」

「生まれの話をしてるんじゃない！　きみの素行の話を……！」

両親の言い争いは激化していく。

彼女はしばらく呆然と立ち尽くしていたが、やがて人の気配を感じて黙って自室へと戻った。

彼女の名前はレイチェル・レーナルト。

レーナルト公爵家の長女で、年が明け、今年十八歳となった。この年頃の娘であれば既に既婚者か、でなくとも婚約者がいるのが一般的だ。

それも、レーナルト公爵家の娘であれば、なおさら。

しかし彼女はそのどちらでもなかった。彼女は十八歳にして未婚であり、婚約者もいない。

それは、かなり奇異なことだ。

レイチェル・レーナルトは愛を知らない。愛を知らずに育てられ、隠され、生きてきた。

彼女は生まれつき銀色の髪を持っていた。彼女の父母は赤い髪をしており、彼らから銀髪の娘が生まれたのは貴族社会では到底許容出来るものではなかった。

もし彼女の父母がまともな人間性と価値観、倫理観を持っていれば、髪色が違うと言えど、レイチェルは愛娘として愛を受けただろう。だけど、彼らはまともではなかった。

彼らは根っからの貴族主義。頭にあるのは自身の派閥を広げ、いかに利権を増やそうかということのみ。自身の娘への興味など欠けらもない。

そうすると、どうなるか。

答えは、火を見るより明らかだった。

レイチェルは部屋に戻り、寝台に蹲(うずくま)った。

両親の話していたことの詳細は分からない。聞く勇気もなかった。だけど、嫁いでいった妹のフェリシーになにかあったということだけは、彼女にも理解出来た。

その日は突然に訪れた。

いつもは顔を見るのも嫌だからと部屋から出ることを一切許されないレイチェルは、朝から使用人に黒のドレスを着せられ、ボンネットを被らされ、サロンへと連れていかれた。なにが起きているのか全く分からなかったが、使用人に聞くことは出来なかった。レイチェルはこの十年以上、フェリシー以外とまともに話したことがなかった。

サロンに連れていかれると、レイチェル同様黒の細身のドレスに身を包んだ母親がレイチェルをちらりと見てから、見るのも嫌そうに顔を背けた。

「……用意が出来たようよ」

「ああ……。では行くか」

「どうして私が行かなければならないの？　まるで見世物じゃない。冗談じゃないわ。私がこんな屈辱を受けるなんて」

「きみはフェリシーの母親だろう。子の責任は親がとるものだ。きみの育て方がいけなかったんじゃないか？　――なにより、アレをも気にかけるくらい甘ったれた娘だったからな」

冷たい声で「アレ」と呼ばれたのは紛れもなく、レイチェルのことだった。父親の冷たい声を聞くと、レイチェルは息が止まりそうになる。固まってしまいそうな足をなんとか動かして、レイチェルはただ下を向いていた。

（なにがあったのかしら……。フェリシーに会えるの？）

全く状況が分からないまま、レイチェルは馬車に乗せられた。

そして、向かった先は闘技場のようだった。昔、英雄同士が決闘をしたとされるこの場所は、この国にとっても神聖な場所だ。

円形に広がる観客席には既にかなりの人数が着席していた。

(ここは……？)

レイチェルは闘技場に来たのは初めてだ。学のない彼女は、ここがどこなのか。こんな場所があったことすら初めて知った。

闘技場は熱気に溢れていて、観客は既に興奮気味に何事か話していた。その内容が少しだけレイチェルにも聞こえてくる。

「いやぁ、しかし今回は大したもんだな。第二妃様を殺そうとしたんだろう？」

「あたしは突き落としたって聞いたよ」

「俺は毒を盛ったって聞いたぜ？」

「どちらにせよ、哀れだなぁ。王家様になんぞ嫁がなければ生き長らえたかもしれんっていうのに」

「シッ。あんた、どこで憲兵が聞いてるか分からないんだよ。口は慎みな」

通り過ぎに見た恰幅のいい女性に窘められて、男は気まずげに頬をかいている。

(第二妃を……殺そうとした？)

第二妃とは、誰のことだろう。そして、ここは、なんのための場所なのだろう。なぜ自分は連れてこられたのか。レイチェルは気になりながらも、両親に連れられて用意された席へと向かった。

席に座ると、会場の全貌が明らかになる。レイチェルは息を飲んだ。

「……！」

闘技場の中心には自由を表す聖母像と、そして巨大なギロチンが設置されていた。冷たい刃は太陽の光に反射して、重たい存在感を持っていた。レイチェルは否応なく理解してしまった。

ここは、処刑場なのだと。

彼女たちがこの場に訪れたのは昼過ぎあたりだった。あと二時間もすれば陽は沈むだろう。母親はボンネットを深く被り、父親はパイプ煙草を口にくわえ、苦い顔をしている。

混乱するレイチェルはただ居心地の悪い苦しい思いで時を過ごした。

そして。夕陽が顔を出す頃になるとワッと会場が騒然となった。驚いてレイチェルがそちらを見ると、憲兵に囲まれた、手首を拘束された女が闘技場に入ってきたようだった。

レイチェルはその瞬間、時間が止まったように感じた。紅茶のような赤茶の髪。俯いているから分からないけど、あの背格好は……。

（フェリ……シー？）

心臓がどくどくと音を立てる。嫌な予感に臓器が掴まれたように痛くて、冷たい予感に背筋が冷えた。息をすることすら忘れて彼女の姿を睨むように追いかける。

一瞬、彼女が顔を上げた。視線こそ合わなかったものの、やはり彼女は。

レイチェルの知る、妹だった。

咄嗟にレイチェルは立ち上がっていた。ガタン、と派手な音がする。それに驚いたのは彼女の隣に控える両親だ。母親は嫌そうな顔をして「座りなさい。下品よ」と窘めた。父親は出来の悪い娘を睨んで「教養のない女はこれだから、恥ずかしくて外に出せない。恥をかく身にもなれ」と罵った。

「座りなさい」と再度母親に言われるが、レイチェルはもはやその言葉を聞いてなかった。ただ、網膜に焼きつけるようにその姿を——半年前に王太子へと嫁いだ妹の姿を見ていた。

「座りなさいと言ってるでしょう！　恥ずかしい‼」

「！」

扇で叩きつけるように肩を押され、レイチェルはよろめきながら椅子に座り込んだ。容赦ない力に肩はじんじんと痛むが、それどころではない。レイチェルは震える唇で母親に尋ねた。

「あ、の……フェリ……シーはどうして、あそこに……」

母親と話すのは、十年ぶりだった。

「出来損ないだからよ、あなたに似て。少しは利口にやるかと思ったけど、結果はこれ。全く、恥ずかしいといったらこの上ないわ。とっくにレーナルトとは縁を切ってるとはいえ、血の繋がった娘があのザマなんてね。忌々しいことこの上ないわ。私の人生の最大の汚点よ」

「私たちは子供に恵まれないな。全く、頭のおろそかな娘ばかり生まれてしまって、頭が痛い」

「………」

両親の回答はレイチェルが欲していたものではなかった。その時、フェリシーが軍兵に連れられて処刑台の前まで歩いていった。呼吸が浅くなる。夕陽の光が逆光になって見えにくい。チカチカする視界の中、どこからか教会の晩鐘が鳴った。重たくも厳かなその音が、処刑の合図だということはすぐに気がついた。

処刑台の隣に控える軍兵が手を上げる。処刑人がギロチンの紐を握り、フェリシーを寝かせた。

(やめて、やめて……嫌)

レイチェルは今にも叫び出しそうになっていた。闘技場は観客の熱気に包まれ、あちこちからヤジが飛ばされ、異様な盛り上がりを見せていたが、そのどれもがレイチェルの耳には入ってこなかった。真っ青な顔で、ただ食い入るようにその光景を見つめる。

そして、三回目の晩鐘が鳴り終わる時。ギロチンの刃は落とされ――。

「やめてーーっ‼」

レイチェルは思わず椅子を蹴飛ばして立ち上がっていた。

＊＊＊

まぶたの向こう側から光を感じて目が覚める。

不思議に思って目を開けると、そこはいつもの自室のようだった。レイチェルは寝台に横たわりながらしばらく自分になにが起きたのかを考えていた。

「……？」

（私……どうして部屋に？　確か……）

そうだ。妹フェリシーの処刑を目にして、劈くばかりの悲鳴をあげて。そこで、彼女の意識は途切れていた。気を失ってしまったのかとレイチェルは身を起こしながら考えた。胸を占めるのは悲しみと深い後悔ばかりだった。

レイチェルはまともな教育と生活を与えられたとは言い難い。物心ついた頃にはこの狭く暗い一室に押し込まれ、なにをするでもなくずっとひとりでいるのが常だった。

女の子なら誰だって憧れる可愛いリボンやドレスはおろか、教養を得るための本も遊び相手になるぬいぐるみも、なにもかも与えられてこなかった。殺風景な部屋には寝台と椅子、机くらいしか見当たらない。床にはなにも敷かれておらず、硬いタイルが剥き出しになっている。持っている服など知れたもので、片手の数で数える程度しかない。

レイチェルは生まれた頃から孤独だった。だけど唯一、彼女には家族がいた。それが妹のフェリシーだ。フェリシーは、レイチェルが隔離されている理由を知ってなお、レイチェルの元に度々現れては明るく振る舞った。

　フェリシーが部屋に来るのは、親や使用人の目を盗んだ僅(わず)かな間だけだったが、レイチェルはその時間がとても大切だった。フェリシーはいつも彼女に、彼女の知らないことを教えてくれる。

　例えば、外は空が見上げるぐらい高いことだったり、雨と呼ばれる水が降ってくることだったり。

　フェリシーは何度となく大人たちの目を盗んで厨房に入り込んでは、お菓子を手にレイチェルの部屋へやってきた。

『ねえ、ねえ、お姉様。今日はこんなものがあったの。見て？』

　フェリシーの手には、シュトレンがふた切れあった。幅広に切られているため、ひと切れはかなり分厚い。フィリングはドライフルーツやマロングラッセ、ナッツ類。そして、ほのかにシナモンとスパイス、甘いチョコレートの香りがする。

　レイチェルがいつも口にするのは硬い黒パンに、塩で味つけされただけの具のないスープ。それだけだ。それも日に一食しか出されない。そんな彼女にとって、白い粉砂糖の振りかけられたシュトレンは、まさしくご馳走と呼ぶに相応(ふさわ)しかった。息を止めて目を輝かせるレイチェルに、フェリシーは嬉しそうに手に持ったお菓子を彼女に差し出してきた。

『ショコラ・シュトレンっていうのよ。今日は運がよかったわ。私これ大好きなの。お姉様にも食べてほしいって思ってたのよ。ね、お姉様。食べてみて？』

『ありがとう……フェリシー』

しかし手渡される時、レイチェルは気がついた。フェリシーの手に縦に細長い、蚯蚓腫れが幾筋も浮かんでいたのだ。それを見て硬直していると、フェリシーもレイチェルにそれを見られたことに気がつき、慌てて袖を引っ張って傷を隠す。

だけど、レイチェルはもう目にしてしまっていた。見なかったことには出来なかった。

『フェリシー……それはどうしたの？』

『これはなんでもないのよ、お姉様』

『……あの人たちにされたのね？』

レイチェルの言う〝あの人たち〟とは彼女らの実の親を指し示す。レイチェルの言葉にフェリシーは困ったような、悲しげな顔をした。

『私に会っているから嫌なことを言われたんでしょう？　このお菓子も……知られたらきっと酷い目にあうわ。フェリシー、もうここには来なくてもいいのよ』

レイチェルは、フェリシーの存在に助けられている。それは事実だ。だけど、その妹を苦しめてまで自分に会いに来てほしいとは言えなかった。レイチェルの言葉にフェリシーは首を振って答える。

『違うわ。これは私のお勉強の出来がよくなくて叱られてしまったの。お姉様のせいではないわ』

『……………』

『ねえ、お姉様。ここに来るのはお姉様のためじゃないわ。私のためよ。お姉様が私のことを嫌になってもう来るなと言うなら、私もここに来ることは出来ないけど……』

『そんなことはないわ！』

レイチェルは首を振って答えた。それにフェリシーはホッとしたように笑って答える。

『……よかった。お姉様、私はね、この家は異常だと思う。だけどそんな境遇下にあってなお私が強く生きられるのはお姉様のおかげなの。お姉様がいなければ今の私はいなかった』

フェリシーはそう言いながらレイチェルの隣に座った。この部屋には椅子が一脚しかない。だから姉妹は並んで寝台の上に座る。

フェリシーはパクリとシュトレンに口をつけた。

『！　ねぇ、お姉様。このお菓子、とても美味しいわ。食べてみて？』

明るく振る舞う妹の様子に、レイチェルは救われていた。

これ以上暗い話題を続ける必要もないと思って、彼女も粉砂糖の振りかかる甘い香りのする菓子へと口をつけた。途端、くるみやナッツの歯ごたえのある感触と、香ばしい味わい、バターのクリーミーさが口内に広がる。スポンジ生地より硬くしっかりとした食感のシュトレンはほのかな優しさを感じさせた。

『……！』

『ね、ね？　美味しいでしょう？』

『美味しい……。ありがとう、フェリシー』

レイチェルが言うと、フェリシーはとても嬉しそうな顔になった。

『あのね、お姉様。私、この前もこれを食べたの。その時はあの人たちも一緒で……でもその時は全然、美味しいなんて感じなかったの。料理人には悪いけど、味なんて全然分からなかった。でも、今はとても美味しい！』

『フェリシー……』

『お姉様、いつかきっと、この状況は変わるわ。ううん、変えてみせる。だから、待ってて』

フェリシーは部屋に軟禁され自由を与えられない姉を思ってか、度々その言葉を口にした。

今思えば、この状況を変えられるのは自分だけだと思っていたのだろう。

いや、思わせてしまった。

（他でもない、私が……）

ふたりで並んだ寝台の上で、ひとり座ったままレイチェルは無為に時間を過ごしていた。胸を突き刺すのはどうしようもない後悔。

フェリシーが王太子に嫁いでから、それでも彼女は度々レイチェルの様子を見に来た。不自由はないか、とか、あの人たちになにかされていないか、とフェリシーはいつもレイチェルを気にしてくれていた。

一度、レイチェルはフェリシーに尋ねたことがある。

『あなたこそ顔色が悪いわ。それに……少し痩せたみたい。ちゃんと食事をとっている？　王家ではよくしていただいてるの……？』

それにフェリシーは少し困ったような顔をしながら、レイチェルの懸念を笑い飛ばした。

『環境の変化かしら？　大丈夫よ。ダイエットせずに痩せたというなら願ったり叶ったりだわ！』

『………』

（フェリシーはしっかりしているから、私に心配なんてされずとも大丈夫だと思ってた。彼女は私より、よほどちゃんとしているから）

だから……考えなかった。見て見ぬふりをした。

本当は、助けを求めていたのはフェリシーだというのに。

（私は姉なのに……あの娘に姉らしいことをなにひとつ、出来なかった）

最後まで心配されて気遣われて。これでは立場が逆だ。しかも最後には、彼女はあんな最期を……。そこまで考えて、レイチェルは顔をおおった。無力な自分が嫌いで、憎くて、どうしようもない現実が恐ろしくて恨めしくて仕方なかった。手のひらを零れて落ちていく熱い涙は、止まることがない。それからどれくらい彼女は泣いていただろうか。

不意に扉がノックされた。

＊＊＊

レーナルト家、サロンで夫人は王家の使いを迎え入れていた。レーナルトの金満家ぶりを表すためか、そのドレスはシフォンが幾重にも用いられ、細かな刺繍（ししゅう）に合わせるように宝石も縫いつけられている。夫人は使者をソファに促し、当主は用件を促した。

「それで、王家の方がわざわざ我が家になんのご用でしょう。……ああ、きみ。使者の方になにか飲み物を。紅茶と珈琲（コーヒー）、どちらがお好みかね」

「ご厚意痛み入ります。では私は珈琲を。……本日、私がここまで足を運んだ理由はこちらです」

使者が一枚の手紙を当主に差し出す。

当主が訝（いぶか）しげに眉を寄せながら手紙を裏返す。そこには赤い封蝋（ふうろう）が押されていた。二対の鷹の紋章は、王家を示すものだ。当主はちらりと使者に目をやってからその場で使用人からペーパーナイフを受け取り、手紙に刃を入れた。

その内容に目を通すと、当主は息を飲んだようだった。

「期日は今月末まで、とします。ご提案を受け入れるか否か。受け入れたとして、どちらのお嬢様にされるか、など考えることも多いでしょう。出来るだけ長く期限を設けたつもりだとのお言葉です」

「……それはそれは、ありがたいことです」

「ええ。では私はこれで。美味しい珈琲をご馳走様でした」

使者はそれだけ言うと踵を返した。

＊＊＊

フェリシーがいなくなった今、部屋を訪ねてくるようになった者など使用人くらいだ。使用人はレイチェルの返事などなくとも、勝手に部屋に入り、食事を置いていく。もちろんノックなどしない。

（では……誰？）

レイチェルが怯えているうちに、扉はまたノックされる。そして、聞き覚えのある柔らかな声が彼女を呼んだ。

「お姉様？　……まだ眠っているのかしら。入ってもいい？」

「……!?」

その声に、レイチェルはいてもたってもいられなくて寝台から飛び降りて扉へと向かった。そして勢いよく扉を開ける。

「きゃっ……!?　お、お姉様……？　なんだ、起きてたの。それなら返事をしてくれれば……」

「フェリ……シー？」

「？」

扉の向こうには、つい先ほど、公開処刑で死んだはずの妹がいた。赤茶の柔らかな髪を赤いリボンで結っている、レイチェルとは違うふわふわの髪。驚きに見開いているはちみつ色の瞳はレイチェルと同じ色で、そのどれもが懐かしくて、胸が痛い。

思わず膝から崩れ落ちて嗚咽(おえつ)を漏らすレイチェルに、フェリシーはとても困惑しているようだった。

「お、お姉様？　どうしたの……？　ここじゃ目立つわ……。部屋に戻りましょう？　ね？」

フェリシーは苦しげに嗚咽を漏らす姉の腕を取ると、ゆっくりと立たせようとする。レイチェルはその動きに逆らわず立ち上がると、部屋へ戻った。

「それで、なにがあったの……？」

いつかのように、いつものように。ふたり並んで寝台に座り、フェリシーはレイチェルの顔を覗(のぞ)き込んだ。レイチェルはその言葉に首を振る。なにを言えばいいか分からなかったからだ。

フェリシーはしばらくレイチェルのことを心配そうに見ていたが、やがてふぅ、と息を吐いて言った。

「ねえ、お姉様。さっきね、王家から使者がいらっしゃったらしいの」

「……‼」

フェリシーは思わず息を飲んだ。

（王家から……使者？）

それになぜ、フェリシーが生きているのか。

レイチェルはフェリシーが死ぬところをはっきりと見ている。目に突き刺さる夕陽の逆光。息苦しいくらいの熱気。闘技場の中を歩く、フェリシーの赤い髪――。

そして、終わりを知らせる、教会の晩鐘。

それを目に焼きつけるように彼女は見ていた。あれが夢だったなんて思えない。

（でも……フェリシーは生きている？）

レイチェルが情報を整理している間にも、フェリシーは言葉を続ける。

「どうやら王太子殿下が婚約者を探しているんですって。次の王太子妃はレーナルトの家から選ぶようよ」

「！　……レーナルトの家、から？」

レイチェルは混乱のあまり掠れた声で言った。喉が干上がったかのようにカラカラだった。

「ねぇ。フェリシー、今日は……何月何日？」

＊＊＊

――同時刻。

リージュ国の執務室で、彼は書面に視線を走らせていた。

どの報告書も似たり寄ったりで、ため息交じりにそれらの束を執務机に投げ捨てる。

（分かってはいたが、そう簡単にしっぽは掴ませないか……）

報告書にひと通り目を通したらもうここには用がない。表向きの仕事もある程度終わらせてあるし、無理を押してでも今は欲しい情報がある。彼が短く魔術を唱えると、分厚い報告書は見る見るうちに燃え尽き、灰となった。既に価値をなさない文面だ。残していても意味はなかった。

彼が踵を返して執務室を出ようとした時、扉がノックされた。

「フレイラン殿下。バドーです。国務国事官よりお手紙が来ています。至急確認してほしいとのことでした」

「入れ」

短く言葉を返した彼は金色の髪をしていた。この国で金髪はさほど珍しくないが、彼ほど鮮やかで、色の濃い金髪はなかなか見ない。

茶に近い金や、銀に近い金はよく見られる色だが、太陽の光をそのまま髪に落とし込んだような金髪といえば、この国では限られている。

彼、フレイラン・アロ・リージュはリージュ国の第二王子だ。背の中ほどまでの金髪をひとつに束ねた彼が切れ長の瞳を扉に向けると、そこには黒髪をひとつにまとめた青年がいた。フレイランの秘書官である、バドーだ。

バドーは部屋に入ると短く頭を下げ、フレイランに一通の手紙を差し出す。彼は無言でそれを受け取ると、器用に封を指で切り中の紙面を取り出した。それにざっと視線を巡らせる。

「国務国事官はなんと？」

「国務国事官のユーリからだ。アロイドの面白い情報が手に入ったから話し合いの場を用意してほしいと言ってるな」

「アロイド殿下の？」

アロイドと言えば、この国の第一王子で、王太子にあたる立場の人間の名前だ。アロイドは第一王子で、フレイランは第二王子であり、彼らの仲はすこぶる悪い。派閥争いも水面下では起きていた。

「とはいえ、アレが手に入れられるほどの情報ならすぐに俺のところにも回ってくるだろう」

「じゃあ、ユーリとは会わないんですか？」

「会う必要がない。が……他にも、実になる情報の端くれ程度は聞けるかもしれないからな。そのうち連絡すると言っておけ」

「分かりました」

国務国事官とは、王族や神殿の息のかからない第三者組織を指す。主に王族や神殿関係者が不祥事を起こした時、その罪を裁く立ち位置だ。この国は基本、王族政をとっているが、絶対王政というわけではなく法律の施行には国務国事会で議決する必要がある。これは王族のみに権力が集中することを避けた、数代前の国王が作った仕組みらしいが、実際のところ中立組織といえど国務国事官は金に汚い者が多く、あってないようなものだった。現国王にとって国務国事会の人間は目の上のたんこぶであることには間違いないが、金で抑えられている以上は本格的に潰すつもりもないのだろう。

今しがた、フレイランに手紙をよこしたユーリも同じ。金に汚く、私腹を肥やすためであれば自身の正義などありはしない。より旨みのある方に擦り寄る。あれはそういう生き物だった。

フレイランはユーリの手紙も先ほどと同様に燃やすと、今度こそ部屋を出た。

「殿下はどちらに？」

「俺はベルネに向かう」

「ベルネ……？　あの無法地帯に？」

ベルネとはこの国でも治安がよくないことで有名な街だった。元々スラム街だったそこを、

し、スラム街として作り直したのがベルネだ。スラム街として
一貴族が土地ごと買い取り、その場を娯楽の場として作り直したのがベルネだ。スラム街としての側面を持ちながら娼館、裏賭博、届出を出していない非合法な薬屋から始まり武器屋、高利貸しなど、あらゆるものが手に入る場所としても有名だった。ベルネにないものはない、とすら言われている。

　そんな無法地帯に第二王子たるフレイランが向かうのは危険だ。眉をひそめるバドーに、フレイランは短く言ってのけた。

「薬が一番流通する場所……といえば、あの街だろう。俺が直接向かうのが手っ取り早い」

「ですが、危険すぎます！」

「危ないからと言って高見の見物を決めていても事態は解決しないし、状況も動かない。このままでは向こうの思うつぼだろうな」

「そうかもしれませんが……」

「だいたい危地に飛び込む覚悟などとっくに出来ている。元より安全地帯で眺めて終わりにするつもりはない。危険を冒さない者は海を渡れないと言うだろう。この程度の危険は織り込み済みだし、お前は俺が下手を打つとでも思っているのか？」

「……いえ」

「こんなことでボロを出すくらいならとっくの昔に俺は処分されている。母親もろともな」

「！」

その言葉にバドーは目を見張る。フレイランの母親、現国王の第二妃。彼女は既に逝去している。死因は過労とされているが、その実態は別だった。フレイランがあっさりと出した第二妃の名前にバドーはなにを言えばいいか分からず沈黙を選んだが、フレイランはバドーになにか返答を求めていたわけではないようで、彼に言った。

「俺が薬の流布元を調べているとまだ向こうには気づかれてないようだが、いつ勘づかれてもおかしくない。アロイドはアホだが、その後ろにいる人間はそれなりに頭が回る。証拠隠滅を図られる前に向かう必要がある。バドー、俺はしばらく不在にする。なにかあれば俺の代わりに指示を出しておけ」

「えっ？　俺はついていけないんですか？　……まさか、殿下おひとりで向かうなんて言いませんよね!?」

「あまり数が増えると正体が露見しかねない。単騎で行く」

「ちょっ……殿下、それは」

ベルネに向かうことはまだ許容出来る。まだ。

だけどさすがに単騎で、フレイランひとりで向かわせることを許可することは、彼を守るための部下として出来ない。バドーが顔を顰めると、フレイランは不敵とも言える笑みで答えた。

「安心しろ、お前より俺の方がよほど腕が立つ。ひとりの方が動きやすいしな」

「確かにその通りではあるんですが……ひとりでもいいんです。護衛をつけさせてください」

「しつこい」

短く、そしてすげなく答えたフレイランにバドーはため息を零した。この人がこう、だといえばもうそれは揺るぎない決定事項なのだ。

少なくともバドーが知る限り、彼が決めた意見を曲げたことはない。

意思が強いと言えばいいのか、頑固と言えばいいのか。その度にバドーの胃はしくしくと痛み、そしてフレイラン不在の間の仕事量に目眩(めまい)がするのだった。

# 第二章　作戦会議

レイチェルは震えそうになる足を堪えて、扉の前に立っていた。目の前の扉は他の部屋と変わらない、一般的なものだったがレイチェルにとってはとても大きく、彼女を見下ろしているように感じた。

レイチェルはフェリシーから言われた言葉を思い出す。

『今日は七月十三日よ？　お姉様……。どうかしたの？　顔色が悪いわ……』

レイチェルを心配するフェリシーの声を聞きながら、彼女は呆然としていた。

七月十三日、それは彼女が自覚する直近の日付とは大幅なズレがあったからだ。

フェリシーの処刑が行われた日は二月二十三日。年が明け、レイチェルは十八歳になっていた。暦の上では春だが、まだまだ厳しい寒さの続く日々。

レイチェルは目眩がするような思いだったが、もしかしてという予感も覚えた。

生きているフェリシー、異なる日付。そして、王家の使者――。

（時が戻っているなら、私は十七歳ということになる）

レイチェルは王家の使者が来た日のことをよく覚えている。

フェリシーが困惑した様子で部屋を訪れ、自分が王太子の婚約者になるかもしれない、と彼女は語っていた。

両親はレイチェルを出来の悪い娘——消し去りたい汚点だと思っている。そんな娘を王太子の婚約者として推し進めるはずがない。となれば自然と選ばれるのはフェリシーで、彼女に拒否権はないのも同然だった。

だけどフェリシーはそんな気鬱を一切レイチェルに見せることなく、「王家に嫁げるなんて光栄な話だわ」と笑い、明るく振る舞っていた。

（あの時は、フェリシーは社交界にも顔を見せているから本当に嬉しいのかもしれないと思ったりもした。だけど今は……）

フェリシーが王太子に嫁いでから、彼女になにがあったのかは分からない。だけど彼女の顔色は悪く、その体は細くなっていく一方だった。彼女は、苦しい時こそ明るく振る舞うのだろう。

レイチェルは彼女がそこまで追い込まれていることにきっと気づいていた。でも、なにも出来なかった。いや、しなかったのだ。自分にはなにも出来ないと思い込んで、フェリシーを、唯一の妹を見捨てていた。

レイチェルは目の前にそびえる部屋の扉——両親の私室である部屋を睨みつけるようにして見ると、深呼吸を何度も重ね、震える手を持ち上げてノックをした。

「誰？」

「……レイチェル、です。入ります」

入ってもいいかと伺いを立てることはしなかった。訪問者がレイチェルだと知れば、彼らは有無を言わさず、部屋に連れ戻していただろう。だからレイチェルは途切れ途切れながらも言うと、そのまま部屋に滑り込んだ。

ガチャ、という硬質な音がする。久しぶりに目にした両親の部屋は全くと言っていいほど馴染みがない。

レイチェルの姿を見た母親が虚をつかれたように目を見開いている。ちょうど午後のティータイムだったようだ。側に控える使用人が、部屋を抜け出したレイチェルを目にして顔色を悪くする。レイチェルは、監視の目を盗んで部屋を出た。レイチェルの脱走を許せば、彼らもまた叱られるのだろう。それは分かっていたが、しかしこのまま大人しくしていることなど彼女には出来なかった。

「レイチェル‼ あなたどうして部屋を出ているの⁉」

「ごめんなさい、お母様。私、」

「早く部屋に戻ってちょうだい！ 不吉な髪を私に見せないで‼」

かな切り声の母の言葉にレイチェルの細身は怯えるように揺れたが、しかし踵を返すことはしない。蚊の鳴くようなレイチェルの声は瞬く間に母親の声にかき消されてしまう。これでは用件どころではない。慌てたレイチェルは声を張って母親に告げた。

「お母様‼」

「っ……！」

長年、こんな大声を出したことはなかった。レイチェルの大きな声に母親は驚いたのか、僅かに言葉を飲む。その間に、レイチェルは自身がここを訪ねた用件を口早に告げた。

「今日、王家からの使者がいらっしゃったと聞きました」

「……だから？　あなたが出る幕はないのよ。早く部屋に戻って」

取りつく島もない母の言葉に、レイチェルは懸命に言葉を続ける。

「私が、王太子殿下の婚約者になることは出来ませんか？」

「………………」

母親はしばしの間、あっけに取られたようにレイチェルを見つめていたがやがて、噴き出すように笑い始めた。

「あ……あなたが……殿下の婚約者に、ですって？　あっははは、面白い！　あなた、王家に嫁げる教養を持ってるとでも思ってるの？　それに、その髪！　あなたが【死者の髪】である以上、王家になんて差し出せるわけがないじゃない！　そんなことしたら不敬を疑われてしまうわ！」

笑いが収まらないのか、母親はくすくすと笑い、ハンカチを口元に当てた。

【死者の髪】——レイチェルがレーナルトの家で軟禁されているのは、彼女の髪の色が両親と異なるから、というだけではない。その色もまた、理由のひとつだった。

　この国では、魔法に関わる奇病がある。

　その名を【魔力虚脱症】と呼び、魔力不足が原因で起こる病気だ。治癒方法は不明、対症療法として魔力石を携帯し、僅かでも魔力の摂取をするよう促されるが、事実上死は避けられない、不治の病。

　発症者はもれなく全員髪色が白あるいは銀色に変色し、やがて十日後には死に至る。その死に方も悲惨なもので、皮膚が赤く爛(ただ)れ、まるで焼け死ぬかのような最期を迎える。

　だからこの国において、銀髪は不幸の象徴として捉えられている。

　レイチェルは生まれつき、銀色の髪をしていた。生まれながらの髪色を変えることは出来ず、両親とも異なる不幸の象徴とも言える娘を、レーナルトの家が歓迎するはずがなかった。表に出すことの出来ない、悪魔の娘。レーナルトの家において、レイチェルはそう扱われた。

「早くこの子を部屋に戻してちょうだい……！　病気が移らないとも限らないのよ！」

「！　待ってください、お母様。話を……！」

「やめて、触らないで‼」

　レイチェルが母親に寄ろうとすると、母親は勢いよく手にした扇を振り回し、それがレイチェルの手にぶつかる。

「……‼」

じん、とした鋭い痛みが手に広がり、息を飲む。痛みに押し黙ると、すかさず無表情の使用人がレイチェルの肩を強く押す。

「ご退室を」

「でも……！」

「ご退室を。レイチェルお嬢様」

「まだ、話が……」

「ご退室を」

母親はレイチェルと話したことで物凄く疲れたとでもいうようにテーブルに肘をつき、怠そうな様子を見せている。こちらを見る素振りもなく、反応もない。レイチェルはその姿から強い拒絶を受け取り、これ以上の対話は無理だと悟った。

＊＊＊

その日は一日一回の食事が出なかった。勝手な行動をした罰、ということなのだろう。元々出される食事が少ないこともあって一食――一日食べなくても問題はない。そんなことよりレイチェルは、全く母親が話を聞いてくれなかったことの方に焦りを感じていた。

深夜も深まると、扉が控えめにノックされた。レイチェルはその音に飛び起きる。彼女の部屋の扉をノックする人間は限られている。

「お姉様？　起きてる……？」

　夜半時だからか静かな声で言うフェリシーに、レイチェルは自分から扉を開けた。そこにはネグリジェの上にローブを羽織ったフェリシーがいた。

「よかった、まだ起きていたのね」

「どうしたの、フェリシー。こんな時間に」

「食事を持ってきたの。お姉様、今日はなにも食べていないでしょう？」

「――――」

　レイチェルがなにも食べていないのは事実だ。

（私のために持ってきてくれたのね。きっと、部屋を抜け出したことで監視の目は厳しくなっているはずなのに）

　いつも以上に使用人が目を光らせているのだろう。だからフェリシーがこの部屋を訪れるのも遅い時間になった。しかしそれでもレイチェルに、なんとかして食事を届けようとする妹にレイチェルは胸が痛くなった。それと同時に強く思う。このままではいけない、と。

　レイチェルがなんらかの理由で過去に戻っているのなら、これから起きることを止めなければならない。そうしなければフェリシーは、彼女はまたあの闘技場でギロチンにかけられ命を落とすだろう。

具体的な解決策が定まったわけではない。だけど、フェリシーが命を落とした理由は王太子の婚約者になって、第二妃と呼ばれる人物を殺そうとしたから、なのだろう。

殺害未遂について真偽はどちらでもよかった。どちらにしても、レイチェルにとってフェリシーは大切な妹に変わらない。それに、もし人を殺さなければいけないと思うほど切迫した状況だったらなおのこと、彼女はフェリシーを助けたいと思った。

（フェリシーに死んでほしくない。それなら、王太子の婚約者には私がなればいい）

そうすればフェリシーの処刑の原因となった、第二妃暗殺とは縁遠くなるし彼女がギロチンの前に立たされることもなくなるだろう。

レイチェルはそう考えていた。王太子の婚約者になる。そのためには両親の説得が不可欠だった。

フェリシーはカゴの中をレイチェルに覗かせた。そこにはカットされたバタールが数切れ入っている。

「今日はね……いつもより使用人の目が厳しくてこれしか持って来れなかったの……。でも、見てお姉様！　こんなものもあるのよ？」

フェリシーがパンを端にどかすと、奥には二等辺三角形に切られたチーズが現れた。

「ゴルゴンゾーラドルチェよ。とっても美味しいの。パンと一緒に食べてみて？　頬が落ちちゃうかも！」

はしゃいだように言うフェリシーはカゴごとレイチェルに渡す。監視が厳しくなったのは間違いなく今日の件が影響しているだろう。レイチェルの食事を抜くと、フェリシーが差し入れを入れるかもしれないと彼らは考えた。

だけど、朝早くから家庭教師とレッスンの予定があるフェリシーが深夜、部屋を抜け出すとは彼らは思わなかったに違いない。フェリシーはあと二、三時間もすれば起床の時間だ。

彼女が毎日厳しい授業とスケジュールをこなしていることはレイチェルも知っていた。だからこそ、無理をしてまで彼女の元に来るフェリシーの気遣いが痛いくらいに苦しくて、そして嬉しかった。

「ありがとう、フェリシー」

レイチェルは言いながらカゴに手を伸ばし、パンとチーズをひと切れずつ手に取った。

「あなたもどうぞ?」

「え……」

虚をつかれたように目を丸くするフェリシーにレイチェルは言った。

「ひとりで食べても味気ないわ。それに、あなただって前に言ってたじゃない。食事はなにを食べるかよりも、誰と食べるかだって」

その言葉にフェリシーは明確にその時のことを思い出したのだろう。あれは彼女が厨房からシュトレンを持ち出してきた時のことだった。彼女は両親と食べるよりもレイチェルと食べた方が美味しいと、そう言ったのだ。

「フェリシーと食べなかったらこのパンとチーズ、美味しいって私は感じないかもしれないわ。そしたらせっかくの食事がもったいないでしょう？　……ね、私の食事に付き合って」

姉がそこまで言うとフェリシーはそれ以上断ることが出来なかったのか、ふう、と息を吐いてレイチェルからパンをひと切れ受け取った。そしてそれを小さくちぎる。

「お姉様……私は夕食をいただいたのよ？　これ以上食べたら肥えてしまうわ。ウエストを増やす予定はないの。これ以上太くなってしまったらドレスが入らなくなってしまうもの。……私はこれくらいでいいわ」

「そう」

レイチェルはフェリシーが文句を言いながらもパンとチーズをかじる様を見てにっこりと笑った。フェリシーはそんなレイチェルを見てなにか言いたそうにしていたものの、黙ってもぐもぐと口を動かした。

そして、フェリシーは咀嚼したパンをごくん、と飲み込むとふと、尋ねた。

「……今日、お母様の部屋まで行ったって聞いたわ。どうしたの？　お姉様。今までそんなことなかったじゃない」

今まで。その言葉はレイチェルの胸にツキンと刺さった。フェリシーの言う通りだ。レイチェルは今まで、自分からなにかしようとしたことはなかった。疎まれているから、嫌われているから。だから、部屋に閉じこもって死んだように生きていた。

（だけど……）

そうしていることで、守りたいものを守れないことに気がついた。守りたいものを守る努力すら、そのための行動をなにひとつしていない自分に気がついた。

なにも行動していなかった自分には後悔する資格すらない。あの処刑のあと、レイチェルは茫然自失になりながらそう思ったのだ。

レイチェルはパンを口に押し込めると、それを飲み込んでからフェリシーに言った。

「私、王太子殿下の婚約者になるわ」

「……えっ？」

「フェリシー。私が、王太子殿下の婚約者になる」

「……ちょ、ちょっと待って？　お姉様。王太子殿下って、あの？　……じゃなくて、お姉様には無理だわ。だって、部屋からも出られないんだもの……。っ！　もしかして今日、お母様の部屋に行ったのってそれが理由……？」

フェリシーはハッとしたようにレイチェルに言う。レイチェルは頷いて答えた。静かな瞳でフェリシーを見つめる。

「ええ。……取りつく島もなかったけど。でも、諦めてない」

「どうして？　お姉様、殿下と面識はないわよね？」

「……必要だから」

「必要？」

「ねえ、フェリシー。あなたはいつも、私のことを考えて、私のためを思って行動してくれてるわよね。このパンとチーズも、この前持ってきてくれたランゴシュもそう。暑い夏場にはグラニータも持ってきてくれたわね。見つかったら、ここに来ることが知れたら怒られるのはあなたなのに。きっと、私と関わることであの人たちにはとても厳しく注意されたでしょう？」

　思い出すのは、彼女の手の甲に滲む赤い蚯蚓脹れの怪我。フェリシーは勉強の出来が思わしくなかったから罰を受けたと言っていたが、フェリシーは公爵令嬢だ。社交界にも出ている彼女に怪我をさせることはあの人たちが許さないだろう。

　それになにより、【家庭教師風情に公爵家の娘を折檻させる】というのはあの人たちのプライドが許さないように感じた。もし、フェリシーに手を上げるとしたら、それが出来るのはあの人たちだけに他ならない。

　レイチェルの静かな言葉に、いつものように誤魔化すことは無理だと感じたのかフェリシーは視線を逸らした。

「……ええ。あの人たちは、私がお姉様と接点を持つことを嫌う。病気が移るって……。お姉様は【魔力虚脱症】じゃないし、そもそもアレだって感染するものじゃないのに」

　悔しげに言うフェリシーの手に、レイチェルは自身の手を重ねた。

「ねえ、フェリシー。私はね、守られるばかりじゃなくて、あなたを守りたいと思ってるの」

「……え？」

「あなたにとって私は、守るべき姉なのかもしれない。情けないことにね。……でも事実、今までの私はそうだったわ。あなたの救けを甘受して、それだけを頼りに生きてきた」

「！　お姉様、それは違――」

「フェリシー。今度は私が、あなたを助ける番。……ううん。そのために……あなたに協力してほしい。私たちどちらかが頑張るのではなく、一緒にやりましょう？　私たちで協力してこの家から、この呪縛から、逃れるの」

「……お姉様」

フェリシーの瞳は当惑に揺れている。当然だ。

（今まで守ってきた、守るべき姉にこんなことを言われたのだから……。今まで私は、フェリシーの優しさに甘えてきた。今度は私が……フェリシーの優しさに応えたい。家族として妹を、守りたい）

言葉を探して黙り込んでしまったフェリシーに、レイチェルは困ったように言った。

「こんな姉じゃ、不甲斐ないかしら」

「！　そんなこと……。でも、お姉様。一体なにをするの？　一緒にって……」

未だに困惑を隠せずにいるフェリシーに、レイチェルは頷いて答えた。

「それはね――」

＊＊＊

早朝。

店を開けた質屋の店主に声をかける人物がいた。ローブを深く被っているから分からないが、羽織っているローブと、その下に着ているドレスからしてどちらも値打ちものだ。

店主は相手が名のある立場の人間だとすぐに勘づいた。

（こりゃあ上客かもしれん。逃す手はない）

「お客さん、うちになにか用ですか」

店主が声をかけるとその人物はびくりと肩を揺らした。頼りない肩幅と華奢な骨格、なによりも着ている服装からして相手は女だろう。それも貴族の娘だ。

（貴族の娘がお忍びで遊びにでも来てるのか？）

店主はそれとなくぐるりとあたりに視線をやったが、護衛と思わしき人間はいない。

（見えないところに隠れているのかもしれない）

長年質屋をやっているだけあって、店主も人の気配に聡い方だが、プロには敵わない。店主は慇懃無礼に相手の女を店内へと招き入れた。

「これを、見て、ほしいの」

やや吃音が気になるものの、女が静かに差し出したのはひと目で高価だと分かるブローチだった。あしらわれている宝石はどれも本物で、よほど腕のいい職人が手にかけたのか小さなものでもそれなりに値が張る。ブローチはダイヤモンドが縁に沿うようにあしらわれ、中心には大きなエメラルドが嵌め込まれている。そのエメラルドも深い緑色で、長年この仕事をしている店主ですら滅多に見ない代物だ。

店主は揉み手をしながら客に尋ねた。

「これはこれは……素晴らしい品物ですな。おいくらで——」

「五十万、ルペー」

「は……？」

「だから……五十万、ルペー」

女は小さく、だけどはっきりとした声で言った。店主は思わずあっけに取られる。五十万ルペーといえば、この品物をそれこそ新品で買うことが出来るような値段だ。とてもではないが買取額としては見合わない。店主は年若い女だと思われる客を見下したように言った。

「お客さぁん……確かにこれは素晴らしい品物ですが、五十万なんて大金、普通は出しませんよ。それだけあれば同じものが手に入ります」

店主はブローチをつまみ上げて言った。相手は相場すら分からないド素人だ。上手くいけば買い叩けるかもしれない。あえて安物を扱うような手つきでブローチをつまむが、客は反応を見せない。ただ、静かな声で言う。

「では、四十」

「聞いてましたか？　そんな大金とてもじゃないけど……」

「三十」

「………」

「二十五。……これが、こちらの提示する、ギリギリの金額、よ」

「………」

「呑めないなら、かまわない。他所に、持っていく」

その声からは揺るぎない意志が見える。店主は女を年若いと断じ、侮ったことを悔いた。この品物が滅多に見ないほどの値打ちものであることは間違いない。今を逃せばもう次、いつ手に入るかも分からないだろう。

それにこの宝石の輝きはよほど腕のいい細工人が手がけたに違いない。

その細工人の名によっては、値段が高騰し、原価以上の売値がつく可能性だってある。品物の状態もいいし、上手くやればそれこそ新品以上の値をつけられるはずだ。

それを今、この場で逃がすことは出来なかった。

苦々しい顔で店主は黙ったが、客がブローチを引っ込めて持ち去ろうとした時、彼は決めた。

「分かった。二十五で買う！」

「……よかった。ありがとう」

どこかほっとしたような声で客は答えた。

＊＊＊

レイチェルは店を出て道の角を曲がると、ようやく大きく息を吐いた。

堪えていたが膝は震え、その場に座り込んでしまう。

「上手くいって……よかった」

前日の夜。レイチェルはフェリシーにあることを頼んでいた。それは。

『王城に手紙を届ける!?　それもレーナルトの名を使って？』

レイチェルが立てた作戦はこうだ。レーナルトの封蝋を使い、王家へ返答文を認めたためる。そしてそれをレイチェルが届け、ついでに挨拶もしてくる――。

無茶苦茶な内容にフェリシーは最初こそ反対していたが、レイチェルが具体的に話を詰めていくにつれ、渋々協力してくれることになった。

『王城まで行くのには馬車が必要だわ。それにお金も。それには私のブローチを使えばいいし、ドレスもお姉様に合うものを貸すけど……ねぇ、お姉様。ひとつ聞いていい？』

　姉妹は人目を忍んでフェリシーの部屋へ向かい、そこでレイチェルはフェリシーのドレスを着せてもらった。姉妹は背格好が似ているので、サイズは問題なかった。

『どうして王太子殿下の婚約者になりたいの？　なる必要があるって……なに？』

『………』

　レイチェルは背中のリボンをフェリシーに結んでもらいながら言葉を探した。

　正直に、フェリシーを死なせないため、とは言えなかった。

　実際体験したレイチェルですら、未だに信じられない出来事だ。

　過去に戻った――なんて言われても、フェリシーを混乱させるだけだろう。

　リボンをきゅ、と結んでもらいながらレイチェルは答えた。

『……あなたに、幸せな結婚をしてほしいから』

『え？』

『フェリシー。あなた、昔、絵本みたいな恋がしたいって言ってたじゃない』

　随分昔。まだふたりが幼い少女だった頃、フェリシーは素敵な恋愛を夢見ていた。

　歳を重ねるごとに自由恋愛が許されない環境だと悟り、彼女がそれを口にすることはなくなったが、今でもその思いは消えていないだろう。

　レイチェルはフェリシーの両手を取ると握って言った。

『あなたに素敵な恋をしてほしいの』

『お姉様……でも、それじゃあお姉様は？　王太子殿下と面識もないのに、お姉様はどうするの？』

『……私はね、フェリシー。大人しく王太子妃として生活する気はないの』

『え……？』

『恋愛……には興味がないけど、王太子妃として出来ることをするつもり。あなたにも素敵な恋を掴んでもらいたい』

『…………』

『だから、私は王太子妃になりたいの』

レイチェルの言葉にフェリシーは黙ったままだったが、やがてぎゅっと強く姉の手を掴んだ。そしてその手を自分の頬に押しつける。

『でも……だって……！』

レイチェルの指先に熱い雫が触れる。フェリシーの涙だ。今まで、フェリシーはひとりで頑張ってきた。だからこそ本当にそれでいいのか、迷っている。レイチェルはフェリシーの手を強く握り答えた。

『ねえ、フェリシー。これは私のわがままなの。……私のわがままを、聞いてくれない？』

『でも、お姉様……！』

『フェリシー。大事な、大事な私の可愛い妹。私のことなら気にしないで。私も恋に興味が出たら自分でそれを掴んでみせるから』

フェリシーの手前そう言ったが、レイチェルには全くその気はなかった。

自分の恋愛よりもフェリシーの方がよほど大事だ。

彼女が幸せになるためなら、レイチェルは方法を選ばない。

レイチェルの言葉にフェリシーは背中を押されたのか、ゆっくりと頷いて答えた。ようやく顔を上げた彼女の目尻は赤くなっていた。

『……目を、擦っちゃだめよ。腫れてしまうから』

『ふふ。ありがとう……お姉様』

そうして、レイチェルはフェリシーからドレスと、不要になったブローチを譲り受け、夜中のうちに邸宅を出た。

封蝋の場所は、フェリシーが父親が使ったところを見たことがあると言って書斎へと案内した。レーナルト公爵家は、外敵からの備えは万全だが、邸宅内には私兵を配置していない。入るのは難しいが、出るのは簡単だ。

レイチェルは書斎でレターセットを使用し、手紙を認めると封蝋を押した。

レイチェルには公的文書を作成するだけの教養がないからフェリシーに手伝ってもらい、その際、質屋での立ち居振る舞いも教わった。

『いい？　お姉様。まずは破格の値段を提示するのよ。相手が渋ったところで下げていって、最低金額を伝えるの。これは商売の基本なのよ』

『最低金額？』

『このブローチは……とても高名な細工人が手がけたの。世に何品とあるものじゃないわ。だからとても高価なものなんだけど……そうね。最初に提示するのは五十万ルペーがいい。そこから十刻みで下げて、二十五が最低金額よ。それ以上は下げないことを明確に伝えて』

『二十五……二十五万ルペーね？』

『ええ。いい、お姉様？　迷う素振りを見せちゃだめ。もう決めたことなのだと思わせるようにして。悩むようなことは言っちゃだめよ！　買い叩かれるわ』

『わ、分かったわ。フェリシー、あなたは賢いのね』

『賢いんじゃないわ。余計な知識を詰め込まれているだけ。だてに毎日缶詰生活を送ってないもの。毎日毎日苦痛で仕方なかったけど……こうしてお姉様の役に立てる日が来たのだから、この日々に感謝ね』

フェリシーは茶目っ気たっぷりにそう言った。

フェリシーの厳しいスケジュールと詰め込まれた教育についてレイチェルは全てを把握しているわけではないが、それでもそれはとても大変なものなのだろうということは分かっていた。

幼い頃は「訪れる家庭教師が厳しい」「分刻みのスケジュールが苦しい」「自由時間など一切ない、私も普通の子供のように遊びたい」と泣いていたのを思い出す。

いつしかフェリシーは、そのどれをも口にしなくなったが——それは、レイチェルへの気遣いだったのだろう。

この部屋を出ることを許されない、姉のためにフェリシーは苦痛を飲み込んだ。

レイチェルはフェリシーに教わったことを脳裏に留め、レーナルトの人間にのみ伝わる抜け道を使って外に出た。

もっとも、レーナルトの人間でもレイチェルにはその抜け道は教えられていなかったので、それもフェリシーに聞いたのだった。

# 第三章　取捨選択

レイチェルが王城に着いたのはその日の昼過ぎだった。人通りの多い街を抜け、王城を守る門番に声をかける。

「レーナルトの家のものです。手紙をお渡しに、来ました」

門番はちらりとレイチェルを見てその格好からそれなりの身分の者だと把握したのだろう。

「ああ、分かりまし――」

門番が顔を上げてレイチェルの顔――主にその髪を見てギョッとしたように言葉を失う。レイチェルは王城の前に着いた時、ローブを脱いでいた。それまでは顔も髪も隠していたがここにきて彼女はそれを露わにしていた。

【死者の髪】――。その髪色の人間はいつ死んでもおかしくない。外に出れば太陽に焼かれ、皮膚は爛れ痛みを伴う。なに食わぬ顔で出歩くレイチェルを化け物を見るような目で見ると、門番は狼狽えながらレイチェルから視線を逸らした。

「あ、ああ。お、お名前をどうぞ……」

「レイチェル・レーナルトです」

「!?」

門番はレーナルトの名に再度、挙動不審になったが権力者に睨まれたくなかったのだろう。すぐに中を指し示した。

「どうぞ」

「……ありがとう」

あっさりと通されたことに拍子抜けしながら城門をくぐったところで、声が聞こえてきた。

「レイチェル・レーナルト……？」

「？」

レイチェルがそちらを向くと、黒髪を背中でひとつに束ねた青年がレイチェルのことを見ていた。幼い顔つきをしているが、恐らく成人しているだろう。身長はレイチェルよりリンゴ一個分程度高い。突然名を呼ばれたことに目を瞬かせていると、青年は我に返ったようにぱっと頭を下げた。

「突然申し訳ありません。私は王宮文官を務めるバドーといいます。レーナルト家のお嬢様はフェリシー様以外、存じ上げてなかったものですので」

「あ、ううん。いいの」

レイチェルが首を振って答えると、バドーは顔を上げて尋ねた。

「失礼をお許しください。それで……レイチェル様はここでなにを？」

バドーは至って普通に尋ねてきた。レイチェルの銀色の髪が目に入らないはずがないのに、彼がそれに触れることはない。それがバドーの気遣いなのかは分からなかったが、レイチェルはとても助かった。覚悟していたが、やはり奇異の目で見られるのは辛い。

「あの……王太子殿下にお手紙を持ってきたの。レーナルトの当主から」

「王太子殿下に……。でしたら私がそれをお渡ししましょうか」

「え？　でも……」

「失礼ですが、レイチェル様。アポイントメントは取っておられますか？　予定があるなら問題ありませんが……王太子殿下は多忙な方です。約束をしていなければ会うのは難しいでしょう。私は文官同士繋がりもありますし、彼の部下伝いに渡すことも出来ます」

「………」

レイチェルは僅かに逡巡した。バドーの言う通り、突然会いに来るなど不敬も甚だしい。会うことはおろか、機嫌を損ねてしまう可能性すらある。とはいえ、まだ会って間もない、信頼がおけるとはいえない他人に手紙を託すのもどうなのか。レイチェルが迷っていると、バドーは困ったような顔で服のローブの袷を軽くまくった。

「……？」

「失礼。これで信頼をいただけますか？」

「……？」

バドーは黒の羽織の下に紺色の礼服を着ていた。胸元には金色の鎖のついたメダルが留められている。メダルにはなにかの紋章が刻まれているが、レイチェルはすぐには分からない。二対の鷲が背中合わせで並んでいる。レイチェルが困惑していると、バドーは付け加えるように言う。

「私は第二王子殿下の秘書官です。このボタンは王子付きを示す紋章です」

「！」

「……手紙をいただいても？」

「あ……そう、ね。そうするわ。お願いします」

そのボタンが本物なのか、本当に第二王子の秘書官なのか、そもそも第二王子とは誰なのかすら分からなかったが、レイチェルはそれに従った。教養のある令嬢ならそれが本物かどうか分かるのだろう。レイチェルは習っていないので分からなかったが。

（それに……もし、この手紙を悪用しようだとか、届けるつもりがなかったとしたら、彼がそのボタンを見せたのは悪手だわ……）

レイチェルが教養のない娘だと彼は知らない。ボタンの意味を知っている可能性の方が高いのにそれを見せたのだから、きっと彼は言葉の通り第二王子の秘書官をしているのだろう。

それに、レイチェルを謀る必要が彼にはない。彼とレイチェルがここで会ったのは偶然で、彼らに面識はない。わざわざ悪意に晒す理由が彼にはないようにレイチェルは感じた。

レイチェルから手紙を受け取るとバドーは頷いて答えた。

「確かに受け取りました。派閥は違いますが、ちゃんと渡しておきます」

「ありがとう」

（派閥？　……第二王子と、王太子殿下の？　仲が悪いのかしら……）

レイチェルは不思議に思ったが、バドーに手紙を渡せたので彼女はそのまま邸宅へと戻った。夜を待ち、例の抜け道を使ってフェリシーと落ち合い、ドレスを脱いだ。

「お姉様、安心して。あの人たちはお姉様が邸宅を抜け出したことに全く気がついてないわ」

ドレスの着脱を手伝いながらフェリシーが言う。レイチェルは初めての外の世界に思った以上に疲労したのか足はガクガクで、今にも倒れ込んでしまいそうだった。それでもフェリシーの手前気を張って、なんとか気力を保つ。

「第二王子の秘書官……という方に会ったわ。ねえ、フェリシー。二対の鷲が背中合わせに並んでいる模様を知っている？」

「二対の鷲は国章よ、お姉様。向かい合っているのが王太子殿下の紋章で、背中合わせになっているのが第二王子殿下の紋章なの。……お姉様、第二王子の秘書官に会ったのね」

フェリシーは静かな声で背中のリボンを解きながら言った。

「手紙を彼に預けたわ」

「そうなの……。見せてもらったのが本物の紋章なら間違いないと思うわ。場所も、城門のすぐ側だったんでしょう？　さすがにそんなところで偽造したボタンを見せる人はいないと思う。

本物だと思うわ」

「そう……。よかった」

「……お姉様。きっとこれは、すぐにあの人たちに露見するわ。そしたらお姉様はきっと、酷い目にあう」

「そうね。怒られると思うわ」

「怒られるなんて言葉じゃ……！」

ぱっとフェリシーが顔を上げる。背中のリボンを全て解き終えたレイチェルは肩からドレスを落としながら妹を振り返った。落ち着いたはちみつ色の瞳で、レイチェルはフェリシーを見つめた。

「全て承知の上だわ。私が本当にやろうとしていることを思うのなら、まだ序盤にすぎないもの。こんなところでへこたれてられない」

「……どうして」

「？」

「どうして、お姉様はそんな……急に、強くなってしまったの？　今までお姉様、そんなこと言ったことないじゃないの！」

「………………」

フェリシーの混乱も当然だ。レイチェルは今までなにもしてこなかった。してこなかったから、こそ。過去に戻った今、動かなければ意味がない。レイチェルはフェリシーをそっと抱きしめた。

「私は強くないわ。フェリシー」

「………」

「ただ……失いたくないだけなの」

「失いたくない？　……なにを？」

(あなたを)

レイチェルは心の中で答えを呟いて、本音を偽った。

「未来への希望よ」

「……？」

「これまで私は、なにもせずに生きてきた。だから、これからは動こうと思うのよ。私が私のために、未来を掴むために」

「………」

「フェリシー、そろそろ夜が明けるわ。私がここにいたら騒ぎになる」

レイチェルに促され、フェリシーは頷いて答えた。フェリシーのドレスを脱いで、いつも身につけている灰色のワンピースを身に纏(まと)うとレイチェルは部屋に戻った。

次の日。レイチェルを起こしたのは劈くような怒鳴り声だった。

「レイチェル‼　これはどういうこと‼」

怒鳴り声と共に部屋に入ってきた公爵夫人は寝台で眠るレイチェルからかけ布を奪った。眠りについたばかりのレイチェルは呆然としたが、すぐに夫人が手に持つ手紙に気がついた。

状況が動いたのだ。レイチェルの予想通りだった。夫人は顔を真っ赤にして震えていた。

「あなたが……！　あなたが王太子殿下の婚約者に決まったって連絡が来たわ！　レイチェル、あなた勝手に手紙を偽造したわね‼」

「‼」

上から叩きつけるように扇で殴りつけられて、レイチェルは息が詰まった。夫人は甲高い声で騒いでいたが、やがて公爵その人が部屋に入ってくると僅かに冷静さを取り戻したようだった。

「まさかこんな犯罪めいた真似をするとは思わなかったわ……！　やっぱり私の娘なんかじゃなかったわね。あなた、この子は罪人よ！　今すぐ修道院に放り込みましょう。二度と出られないというリレーラ修道院がいいわ。あそこは入ったら最後、死ぬまで出られないと有名なの。まさに牢獄のような場所なのよ……！　罪人のあなたにぴったりだわ！」

「落ち着きなさい。レイチェルが封蝋を用いて勝手に手紙を偽造したのは確かに罪だ」

公爵はレイチェルを見て、深くため息をついた。それは怒りを噛み殺すためのもののようだ。

「身内に犯罪者を飼うなど、名誉ある貴族としてあるまじきことだ。私としてもすぐにでも処分してしまいたい。……レイチェル、手を出しなさい」

「……？」

「私も、自分の娘に傷を残すのは胸が痛む。罪を犯したとはいえ、私の可愛い娘であることには変わりないからね。であれば……悪いのはこの手だ。罰を与えるなら、この手に与えよう。おいお前、ペンチを持ってこい」

公爵は使用人に指示を出す。指示を受けた使用人は頭を下げそのまま部屋を出ていった。起き抜けで呆然としているレイチェルに、公爵が言う。

「痛みを以て、お前への罰としよう。鞭打ちも、ナイフで刻むのもどれも跡が残る。だけど……爪ならそのうち伸びてくるだろう？　折檻にはちょうどいい」

「……‼」

レイチェルが息を飲む。その間に使用人が部屋に戻ってきて、手に持ったペンチを公爵に渡した。彼はそれを受け取ると手に器具を持ってレイチェルに向き直った。

「レイチェル。手を――」

「待って、お父様‼」

その時、部屋にフェリシーが飛び込んできた。フェリシーは部屋の中を見渡して、最後に父親が持つペンチに目をやると顔を真っ青にしてその腕に縋った。

「お父様、やめて……‼」

「離れなさい。フェリシー。罪には罰が必要だ」

「違うの、お父様……！　王太子殿下がいらっしゃってるの！」

「……なに？」

「王太子殿下はお姉様をお呼びだわ……。だから……今、罰を与えるのはよくないと思うの……」

フェリシーの弱々しい声に公爵はしばらく黙り込んでいたがやがて舌打ちをして、ペンチを放り出す。その物音にびくりとレイチェルは肩を震わせた。

「お前たち、アレをなんとか飾り立ててこい」

「あなた、どうするの。手違いだったと伝えるの？」

「社交界では既に話題になっている。【死者の髪】を持つレーナルトの娘が――わざわざ王城まで出向き、婚約の話を調えたとな！」

「なんてこと……」

「もう白紙には戻せない。真実はどうあれ、持ち出された封蝋は本物だ。今更覆すなど、王家へ叛意(はんい)ありと思われる可能性がある」

「……うぅ、どうしてこんなことに」

夫人はその場で崩れ落ち、仕えの侍女に肩を支えられ部屋を出ていった。公爵はちらりとレイチェルに目をやったものの、すぐにその部屋を離れた。フェリシーもなにか言いたそうにしていたが、部屋を出る。

レイチェルは残った侍女たちによって身支度を整えられた。

＊＊＊

痛いくらいに髪を結い上げられ、かなり乱暴にドレスを着せられたレイチェルは王太子が待つサロンへと向かった。

サロンに入ると、既に座っている人間が見える。彼女の両親と、金髪の男性。彼が王太子その人なのだろう。

（フェリシーを追い込んで、死に追いやった人……）

レイチェルは痛いくらいの緊張を覚えながらソファへと向かった。そこでは厳しい面持ちをした公爵と、顔色の悪い夫人。そしてレイチェルを見て目を見開いた王太子が。王太子は優しげな顔をしていたが、なによりも目を引いたのはその鮮やかな金髪だった。色味の濃い金色は絵本に出てくる王子様像そのものだ。

レイチェルが彼らの前まで行くと、王太子が席を立って彼女を迎えた。

「驚いた。本当に銀髪なのだな」

「お目汚しを申し訳ございません、殿下。ご不快であれば妹の方を……」

「いや、不要だ。面白いな、これは生まれつきか？」

王太子の言葉にレイチェルはぎこちなくも頷いて答える。それに王太子はますます興味を持ったようだった。

「公爵、彼女はデビュタントにも、社交界にすら一度も顔を出していないように思えるが？なにか理由が？」

（王太子殿下は分かってて聞いてるのかしら）

彼女の髪は【死者の髪】。彼らがレイチェルを隠したがる理由などそれ以外にないだろう。それなのにあえて尋ねた彼に、公爵は歯切れ悪く答えた。

「レイチェルは……生まれつき体が弱いものですから」

「髪のせいか」

それがどういう意味合いのものなのか、レイチェルにはもちろん、公爵夫妻にも分からなかった。銀髪だから体が弱いと言いたいのか、【死者の髪】だから外に出していないのかと言いたいのか。

王太子は目を細めてレイチェルのことを楽しげに見ると続けて言う。

「俺の知り合いに、魔力量は減っていなかったにもかかわらず、【魔力虚脱症】になって死んだ女がいる。お前はその逆だろう？　銀髪なのに死なない。いわゆるお前はレアケースというやつだ。公爵、こんな面白い逸材を隠していたなど不敬に当たるぞ？　このような面白いことはもっと早くに言え。【魔力虚脱症】の研究に役立ったかもしれないだろう」

「申し訳ありません、殿下」

「まあいい。お前、名はなんと言う？」

尋ねられたレイチェルは顔を上げられないまま体の震えを押しとどめて答えた。

「レイチェル……レーナルトです」

「レイチェル。俺はアロイド・デル・リージュ。この国の第一王子であり、王太子だ。これからお前は俺の婚約者となる。せいぜい見られるようにはなっておけ。そのみすぼらしい鶏ガラの体も、なんとかしておけよ」

「………」

みすぼらしい鶏ガラ、と言われレイチェルの頬がカッと熱を持つ。揶揄(やゆ)されるほどに彼女の発育は酷かった。もとより食事をしていないので当然だが、それにしたって彼女は細すぎた。

レイチェルが沈黙していると、王太子――アロイドはつまらなそうに視線を公爵へと寄越した。

「定期的に様子を見に来る。見られるようにしておけ。誠意を見せろよ？　レーナルト公爵」

ニヤニヤとした挑発的な笑みを浮かべてアロイドはサロンを出ていった。

＊＊＊

レーナルト公爵邸から戻ったアロイドは暇を持て余していた。なにもかもが退屈だ。手持ち無沙汰に羽根ペンを弄んでいると、彼の執務室の扉が叩かれた。アロイドはちらりとそちらを見て、羽根ペンをインク壺へと戻す。

「魔術師管連盟の理事長がお取次ぎを希望されています」

「通せ」

アロイドが短く答えると、侍従によって開けられた扉の向こうには長い青髪を後ろでひとつに括った男がいた。歳は三十、あるいは四十近いだろうか。ゆっくりとした足取りで執務室に入ってくる。

「お呼びと伺いましたが」

「ああ、喜べ。お前の研究の成果を上げそうな女を見つけた」

「ふむ……？」

アロイドはばさりと数枚の書類を男の前に投げ捨てた。男は乱雑に放り出された数枚の紙面を手に取ると視線を走らせた。そして息を飲む。

「これは……」

「銀髪なのに死なない女。おおいに結構じゃないか。上手くやれば実験の成功に繋がる」

「しかし――相手は由緒ある高名な公爵令嬢。とてもではありませんが私が手を出せる相手ではない……殿下が取り計らってくださると?」

含みのあるような声にアロイドは、口元を歪めて見せた。

「ああ。いずれ貴様の元に届くよう差配する」

「それはそれは。吉報をお待ちしております」

男もまたにっこりと不敵な笑みを浮かべた。

「……ベルネの件はどうだ?」

「そちらならご心配なく。既に物的証拠は塵ひとつ残しておりません。多少乱暴な手になりましたが、こういった後始末は早ければ早い方がいいものです。よからぬものに足を掬われないとも限りませんから」

「ならいい。随分派手に遊んだからな、お前なら抜かりなくやるだろうと思っていたが多少気を揉んでいた」

「ご心配をおかけしてしまったようですね」

薄ら笑いを浮かべる男にアロイドはちらりと視線をよこしたが、すぐに興味を失ったようだった。

＊＊＊

その日から、睡眠時間の確保すら厳しい毎日が始まった。寝る間も惜しんで詰め込まれるのは今まで足りていなかった淑女としての教養、常識、知識、作法、振る舞い、嗜み。ピアノやダンスから始まり、周辺国と自国の歴史、簡単な計算、建築物の知識、神殿に纏わる神話、刺繍、挙げればきりがない。

アロイドの帰宅後、公爵は恐ろしい顔でレイチェルを睨みつけていたが彼の『不定期に様子を見に来る』といった言葉が効いているのか、それ以上レイチェルに乱暴な真似をすることはなかった。その代わり、嫌がらせのように過密で無茶なスケジュールを組み立て、レイチェルを追い立てた。

あまりに過酷なスケジュール内容にフェリシーは両親に改善するよう訴えると言った。

「こんなの酷いわ。睡眠時間が二時間しか設けられてないなんて。こんなの拷問よ！」

実際、大幅に削られた睡眠時間と貧弱な体質のためにレイチェルは度々レッスン中に気絶することがあったし、その度に教師の怒鳴り声で目を覚ましていた。そんな無茶苦茶なスケジュールではあったが、それも一ヶ月もすればある程度一般的な貴族令嬢の教養は身につけられた。

しかし、公爵はそれでよしとしなかった。よほど腹に据えかねていたのか、さらにレイチェルに課題を課し、無理難題に近い目標を設定した。算術は簡単なものから、役所仕事で必要とされる程度の難易度となり、そのうち経理関連も詰め込まれるようになった。公爵はとにかく、レイチェルに苦痛を与えたかったのだ。休む暇などないと言わんばかりに、更なる知識と技量を押しつけた。常に顔色の悪いレイチェルをフェリシーはとても心配していたが、レイチェルはレッスンを拒むことはしなかった。

むしろ、貴重な機会だとそれに食らいついて必死についていったのだ。

（知らないよりも知っていた方が圧倒的に有利。【出来ない】のと【出来るけどやらない】のでは、雲泥の差だわ。レッスンは厳しいけど、教えてもらえるだけ私は幸運。以前のようになにも与えられず、なにも知らされず、死んだように生きるよりもよほどマシ）

知らないことを覚えるのは楽しい。知識が増えた分だけ、レイチェルの選択肢は増えていく。これがたとえ父親からの嫌がらせだとしてもレイチェルは彼の選択に感謝していた。

しかし教育の範囲が広がるにつれ、邸宅内にある資料だけじゃ足りなくなってきた。レイチェルは僅かな自由になる時間を有効的に使い、度々王城へと足を運んでは調べものに精を出した。

その日は家庭教師から出された膨大な課題を前日のうちにかなり無理を押して終わらせ、王城の蔵書室へと向かうことにしていた。

（聖歴八二五年にバルサラ国王が打ち出した政策の草案を確認するならここをおいて他にはないわよね……）

レーナルトの家の蔵書室は既に調べ済みで、資金難だった当時の財政を建て直すために国王が立案した政策の一覧と会議の議事録が欲しかった。情報が絞られた写し程度なら邸宅にもあったが、レイチェルが求めているのは原品だ。

螺旋状になる巨大な蔵書室に圧倒されながらレイチェルは規則正しく並べられた本棚から目的のものを見つける。

（よかった、思ったより早く見つけられたわ）

レイチェルが安堵しその背表紙に手を伸ばそうとしたところで声をかけられた。

「それは淑女が気になるような代物ではないと思うが……遊戯本の類なら向こうだ」

「！」

背後から聞こえてきてレイチェルは手に取りかけていた本をそのままに振り返った。

「――――」

そこには鮮やかな金髪を緩やかに結び、胸元に流した男がいた。レイチェルよりもかなり身長が高く、そのせいか威圧的に感じてしまう。涼やかな瞳はどこまでも冷めていて、目の縁にはホクロがある。場を圧倒する雰囲気というか、存在感にレイチェルは息を飲んだが、しかしそれ以上に彼女の瞳は男の髪へと釘づけになった。

（鮮やかで色味の濃い、金髪……）

この国で金髪はそれほど珍しくもない。だけどここまで色味の濃い鮮やかな金髪ともなればそれは限られる。レイチェルは相対する男が王族なのだと察した。

（年齢は私とそう変わらない？　だとしたら）

王族でレイチェルと年齢の変わらない男性と言えばかなり絞られる。それに、黄金の色が現れるのは直系のみだ。傍系にも金髪の子は生まれるが、直系のような色の濃さはなかった。

「失礼いたしました。フレイラン殿下」

「……名乗った覚えはないが、どうしてそう思った」

「その髪を見ればあなたが王族だというのは分かります。そして、王族で私と年齢の変わらない男性といえば王太子殿下と第二王子殿下以外、私は知りえません。王太子殿下のお顔は存じ上げています。王太子殿下ではない、となれば残るは第二王子殿下のみかと思いました。……私の早合点でしたら謝罪いたします」

この一ヶ月の血の滲むような教育を経て、レイチェルの吃音は矯正されていた。はっきり、物怖じせず自分の意見を述べた彼女をフレイランはじっと見、やがて目を細めて言った。

「理論を並び立てて返答をする淑女を俺は初めて見た。……見ない顔だな。家名は」

「レーナルトです」

「レーナルト……。なるほど、お前はレイチェル・レーナルトだな？」

「！」

今度はレイチェルが驚く番だった。フレイランはレイチェルのことを既に知っていたようで納得したように彼女を見た。

「アロイドの婚約者だろう？　かなり優秀だと聞いている。なるほどな、ただの淑女にその本は難しいと思ったが、レーナルトの才女なら話は別だ。調べ物か」

「は、はい。バルサラ国王の政権時の政策を調べていました」

「なぜ？」

「？　教師から課題を出されたからです。当時、社会契約説を訴えた思想家の影響で大規模なテロが発生し、その鎮圧には成功したものの国の立て直しに深刻な財政難となったバルサラ国王が、どうやって国庫を持ち直させたのか――」

「その答えは薬だ」

「えっ？」

「教師が求める解答は、不治の病とされていた通称【赤いペスト】の特効薬を開発し、それを諸外国に高値で売りつけたから、だ。この一連の流れを薬上革命……と国務国事会は定めている」

「…………」

答えを調べる間もなく与えられレイチェルが困惑していると、続けてフレイランは言った。

「では次、現在リージュ国は先代国王と現王族の金遣いの荒さが原因でとても切迫している。そんな中、あいつらが打ち出した策はなんだと思う」

「え……？」

レイチェルが目を瞬かせていると、その時蔵書室の扉が勢いよく開かれる音がした。驚いてそちらに視線を向ければ、軽い足取りが聞こえてくる。すぐに黒髪の青年が顔を出した。

「殿下、こちらにいらしていたんですね。探す私の身にもなってください」

（あ……）

レイチェルはその青年に見覚えがあった。偽造した手紙を持参した時に城門前で会った青年だ。

（確か名をバドーと言ったかしら……）

レイチェルがバドーを見ていると、彼もまたフレイランからレイチェルへ視線を移した。フレイランはバドーの言葉を完全に無視しているのか涼しい顔だ。

「あれ、あなたは……」

「この娘と知り合いか？」

フレイランの言葉にバドーは戸惑ったように頷いた。

「偶然、城門前で会ったんです」

フレイランはその時の様子をバドーから聞くと、僅かに悩んだような間を置いたあと、言った。

「レイチェル・レーナルト。ついてこい」

「え……？」

フレイランはレイチェルの返答を待つことなく歩き出した。

(ついてこい……ってどこに？　行き先も分からないのについていくのは……)

レイチェルが迷ったのは僅かな時間だった。元よりフレイランが、この国の第二王子が命じた以上、レイチェルはそれに従う他ない。レイチェルは既に踵を返したフレイランを追うのだった。

# 第四章　利用価値

フレイランが向かったのは王族のプライベートエリアと呼ばれる区域だった。

王城の地図はひと通り頭に入っているが、さすがにこの区域まで足を伸ばしたことはない。

基本的に王位継承権第五位以内の者の許可がなければ足を運ぶことは許されない区域(エリア)である。

レイチェルは内心どぎまぎしながら彼のあとを追った。

フレイランはレイチェルの葛藤など素知らぬ顔でそのままプライベートエリアを突っ切り、やがてある部屋に入った。

「どうぞ？」

「し、失礼いたします……」

それまで見ていたフレイランの掴みどころのない行動にレイチェルは困惑していた。扉を開けたフレイランの意図が読めず、戸惑いながら部屋に入る。室内は壁に沿うように本棚が並べられ、中央にはデスクワゴンが収納されたアンティーク机が置かれていた。机の上にはインク壺とそれに挿された羽根ペン。書類と何冊かの本が乱雑に置かれている。

（ここは……フレイラン殿下の書斎？　それとも執務室……？　重要な場所よね。私が入ってもよかったのかしら……）

気にはなったが、入室させたのはフレイランだ。彼が問題ないと判断したのだから、レイチェルが見てはいけない書類などは隠されているのだろう。……多分。

彼の意図が読めず困惑するレイチェルに、フレイランは本棚からいくつかの冊子と本を取り出した。それを執務机の上に置くと、レイチェルに言った。

「これは、ここ十年のリージュ国の財源管理台帳だ。大きいものから小さなものまでかなり細かくまとめてある。この国の金の動きがよく分かる代物だ」

「……⁉」

「お前の優秀さについては聞き及んでいるからな。ペンを取って僅か二ヶ月で経理の専門知識にまで手を伸ばしていると聞いた。それが事実であるのなら、お前にこの国の金の動きを検(あらた)めてもらおうと思ってな」

「まっ……待ってください。これは重要書類なのではありませんか？　私のような部外者が見てもよいのですか？」

「かまわない」

「ちょっ……殿下……！」

あっさり言ってのけたフレイランと、対して焦ったように彼を呼びかけるバドー。

（やっぱり、よくないんじゃないかしら……）

バドーの反応が正しいのだろう。レイチェルがなおも困惑していると、フレイランが切れ長の瞳を細めてレイチェルを見た。

「かまわない。俺がいいと言ったんだ。王位継承権第二位の権限をもって、お前がこれらの閲覧をすることを許可する」

「……………」

「お前は細かなミスに気づいたり、カンが冴えている、経理者向きだ……と教師共から聞き及んでいる。ならば俺も、その慧眼の恩恵に与りたいものだ。アロイドはお前のような優秀な婚約者を持っていながらなぜ使わないのだろうな？」

「……………」

　レイチェルのことを手放しに褒めそやすフレイランにやはり困惑が隠せなかったレイチェルだが、ぎこちなく頷いて答えた。

　フレイランは忙しい人らしく、すぐに予定があると言って部屋を出ていってしまった。残されたのはバドーとレイチェルだけだ。バドーは困ったような顔をしながら、しかしフレイランの命に従いレイチェルへ数冊の本を手渡した。

「こちらが十年分の帳簿です。主にリージュ周辺国や太い貴族、更には商人、そしてあまり大きい声では言えませんが裏組織との取引額が記載されています。他には――王族方の諸経費や手配している人間の人件費などなど……まあ、かなり細かく金の動きが載っています。そんでこっちが、貴族、ひいては国民から納められた税金支出入です。照らし合わせて確認してください。それと……」

バドーはレイチェルに書類を渡すと、なぜか神妙な顔をして彼女を見た。

「フレイラン殿下はああ仰りましたが、これはとても大変なことです。部外者であるあなたが、国の税務に関わる書類を見た、など。もしこれが表沙汰になれば批判を受けるのはフレイラン殿下です。あの方のことですから、それも織り込み済みなのでしょうが……あまり、不用意な行動は取られないよう。フレイラン殿下の考えがどうであれ、私は、アロイド殿下の婚約者であるあなたは、フレイラン殿下の政敵だと考えています」

「………」

「忠告はしました。くれぐれも変なことは考えないように。……では、私はこの部屋を施錠してしまいますので部屋を出てもらっても？　言われなくても【優秀な】あなたなら分かるかと思いますが、それは重要書類ですから間違っても紛失したり破損したりしないでくださいね」

【優秀】と先ほどフレイランに言われたのとは違う他に含みを持った声でバドーがレイチェルに言う。すっかり嫌われてしまった、とレイチェルは少し凹んだが、すぐに気がついた。

（彼はきっと、フレイラン殿下が大切なのね。敬愛する主の足を引っ張りかねない私の存在を危惧している……）

そう思えば彼の態度を否定的に感じることはなかった。彼の気持ちも理解出来るからだ。ならばレイチェルに出来るのは、彼の危惧をほんの少しでも解消するように努めることだろう。

レイチェルは頷いてしっかりとバドーの目を見て答えた。

「分かりました。色々とありがとう、バドー。この書類を預かった意味をきちんと考えて、フレイラン殿下の厚意を無駄にしないよう、私なりに頑張ってみるわ」

レイチェルがはっきり答えるとバドーは少し驚いたような顔をした。少し言葉に悩むような素振りを見せたあと、彼は渋々、と言った感じで小さく言う。

「……よろしく、お願いします」

「こちらこそ！」

レイチェルは邸宅に戻る最中、バドーに言われたことを思い出していた。

（フレイラン殿下から見たら、アロイド殿下の婚約者である私は政敵。王位継承権争いは表面化していないだけで派閥が二分されるほど激しくなっている。バドーが警戒するのも無理はないわ）

レイチェルはまだどこか、自分がアロイドの婚約者であるという実感がなかった。だからこそ今回バドーに指摘されるまで気がつかなかった。

（こんな調子じゃだめね。もっと自覚を持たないと）

レイチェルは改めて強くそう思うと帰路を急いだ。

邸宅に戻ると、苦々しい顔の公爵にレイチェルは呼び止められた。

「レイチェル。お前に話がある」

「……？」

レイチェルは不思議に思いながら公爵の書斎までついていった。公爵がレイチェルを呼び止めるなど初めてのことだ。

（まさか、フェリシーになにかあったの……？）

嫌な予感と不安に苛まれる。書斎に入ると公爵は前置きもなく話し出した。

「フレイラン殿下から連絡があった。……詳しいことは話せないが、お前の手を借りる。しばらくの間は王城に通うように……とのことだ」

「！」

（フレイラン殿下はもうお父様に話を通してくれたのね……）

さっきの今だ。恐らくフレイランは部屋を出たあとすぐ指示を出したのだろう。レイチェルは対応の速さに目を丸くした。

「アロイド殿下にも話は通してある、と。……話は聞いているな」

「はい」

「フレイラン殿下はくれぐれもお前から話を聞き出すような真似はするなと仰ったが……所詮スペアの言葉だ。アロイド殿下ほどの強さは持ち得ない」

「…………」

「それで。お前はフレイラン殿下になにを言われた」

「それは……」

レイチェルが迷ったのはほんの僅かだった。彼女は首を振って答える。

「言えません。フレイラン殿下に約束しましたから」

（本当はフレイラン殿下ではなくバドーとだけど……それは言わなくてもいいわよね）

ここでバドーの名など出したらより混乱することは目に見えている。レイチェルがはっきり言うと、気分を害したのか公爵は眉をひそめた。

「レイチェル。聞いているのは私だ。お前に拒否権はない」

「申し訳ありません。たとえお父様でも、お答え出来ません」

「お前は立場を分かっていないようだな」

唸るように言う公爵の言葉に、レイチェルの背中に恐れが走る。公爵は恐ろしい人間だ。なに食わぬ顔で、一番効果的だと思われる残虐な罰を決める。彼が重きを置くのは痛めつけることではなく、精神的に反省を促す——後悔させること。苛立ちをそのまま暴力にぶつけるのではなく、陰湿なやり方を彼は好んだ。だからこそ、恐ろしい。

「私を罰しますか」

レイチェルは固い声で尋ねた。もし罰を受けても、たとえ拷問を受けても彼女は言うつもりはなかった。フレイランを軽く見ている公爵が、財務管理の話を聞きでもすればそれを利用しようとしかねない。

なにより、レイチェルはバドーと約束したのだ。頑張ってみる、と彼に言った。レイチェルの固い声に意志の強さを感じ取ったのか、公爵はしばらく黙ったままだった。

「……そうだな。以前のように爪を剥ぎでもすればさしものお前も吐くだろうと思ったが――これから王城に通うのであれば誤魔化せんからな。他にも効果的な罰はあるにはあるが、それはよりお前を頑なにさせかねない。お前への罰は一度、保留にしよう。貴族の娘として親に反抗するなどあるまじき行いだ……と、多少の教養を積んだお前でも分かるはずだろう？」

「………」

「ふむ。それと……フェリシーの婚約の話が進んでいる」

「え……!?」

既に公爵の興味はレイチェルにないのか、違う話題に話は変わった。公爵はレイチェルを見るとどこか苛立たしそうに彼女を睨んだ。

「お前が妹の婚約を奪い取って、台無しにしたからな。フェリシーの価値に傷がつく前に話をまとめたんだよ。お前のせいで余計な労力を使ったものだ」

「………」

レイチェルはあの夜、邸宅を抜け出して偽造した手紙を届けたことを後悔していない。そうしなければフェリシーが死ぬ未来は近づいていた。レイチェルがなにも言えないでいると、公爵は舌打ちをして続けた。

「ルミネッド伯の長男だ。爵位を継げるし、あそこはまあまあ金がある。議会でも彼の発言は若造のわりに強い。なによりあの家は古いからな。横の繋がりが根強い」

「……………」

「お前が壊した妹の縁談をわざわざこの私が、骨を折って用立てたんだ。優しいお前はもちろん祝福するだろう？」

レイチェルはなにも答えられなかった。そうすることで公爵の機嫌を害することは理解していたが、なにも言葉が思いつかなかったのだ。公爵が用意する婚約でフェリシーは幸せになれるのだろうか。そもそも、公爵は娘の幸せなど二の次のように感じる。そんな男が用立てた婚約話だ。諸手を挙げて喜ぶことは出来なかった。

「相変わらず、生意気な目だ。……下がりなさい。話は以上だ」

「……分かりました」

レイチェルはマナーとして淑女の礼を取ってから部屋を出た。頭の中を駆け巡るのは、妹の婚約話だ。

（ルミネッドと言ったら初代国王の時から続く由緒正しい家柄。長男は社交界での評判もそんなに悪くない……けど、女性の噂が絶えない）

リージュ国の貴族図鑑はひと通り暗記しているが、さすがに一個人のプライベートな情報は書かれていない。王城に向かったらまずはルミネッドについて調べようとレイチェルは思った。

それから数日が経過した頃、登城し蔵書室に備えつけられているテーブルでレイチェルが調べものをしていると、バドーが彼女を呼びに来た。

「フレイラン殿下がお呼びです」

レイチェルはバドーに連れられ、例の部屋に向かった。バドーに聞くと、そこはフレイランの執務室らしい。やはりおいそれと部外者が立ち入ることが許されない場所だ。レイチェルはより一層緊張し、部屋の中へと足を踏み入れた。数日ぶりに会ったフレイランは変わらず涼しい顔でレイチェルを見ていた。

「今日呼んだのはお前に預けた例の件の進捗を聞くためだ。なにか分かったことはあったか？細かいことでもかまわない」

レイチェルは彼の用件を予想していたので、予め答えを用意していた。それを口にするのはなかなかの勇気が必要だったが。

彼女はスッと書類をフレイランに差し出した。フレイランが検分するようにその書類を受け取り、視線を走らせる。

「私が確認したところ、収支が合いません。浮いた金額がいくらかあります」

「それで？」

「……国庫が逼迫（ひっぱく）され始めたのは六年前頃からです。主に王族費に使用される金額が十年前に比べると三倍にも上がっています。翌年、徴収する税金が前年度より増え、僅かに財政難は解消されましたが――」

「実質的な解決には及ばない、と。そしてその中でお前は行方の分からない金を見つけたわけだな」

「はい。その金額はおよそ一千万ルペー。街の年間収入とさほど変わらない金額です」

「行方知らずの大金、お前はどこに流れていると思う？」

フレイランの質問にレイチェルは考えた。

（そんな大金を必要とするといったら賭博や、装飾品の買い物くらいだけど……それは王族費で賄われる。だとしたら、それ以外で、かつ王族費としては提出出来ないもの……）

「………」

「分からないか？　まあ、ヒントもなければ答えに辿り着くのは難しいだろうな。もし正解したとしたら鋭すぎて逆に怪しむところだ。……レイチェル、帳簿をもう一度見てみろ。この数十年見なかったほどの財政難になった年、その翌年にこの行方知らずの金がある。財政難で金を作るのに苦労しているのになぜ、行方知らずの金が生まれるんだろうな？」

「！　まさか……」

そこまで言われればレイチェルも気がつくものがあった。

「お金を作り出すための元手としている？」

レイチェルは自分で言って新たな可能性に気がついた。思考が零れるように口にする。

「帳簿に記されていないということは、表沙汰に出来ない、あるいは知られたら罰せられるような非合法な内容ということ……。もし財政を立て直すためにその【非合法な内容】に手を出して、それにお金を流しているのだとしたら……」

「カンがいいな、レイチェル。お前は文官向きかもしれないいな。どうだ、アロイドの婚約者なんかやめて俺の部下になるのは？　あんなアホな男に付き従うのは賢いお前には苦痛だろう。お前なら俺は大歓迎だが」

「ありがとうございます。嬉しいお言葉ですがお断りします。……フレイラン殿下は浮いた金額の詳細をご存じなのですか？」

レイチェルのあっさりとした断り文句に、フレイランも本気ではなかったのか気にすることなく流した。

「ある程度当たりはついてる。レイチェル、俺は以前お前に問題を出したな。バルサラ国王が財政難だった国庫をどのように持ち直したか」

「！」

「あれの答えは難病の特効薬の開発に成功したことだった。バルサラ国王の財政革命はリージュ国民なら誰しもが知るところだ。そして今回、数十年ぶりと言える巨額の支出を許してしまったリージュ国の財政立て直しの際、過去の例を参考にしようと考える者がいても……おかしくはないだろうな」

「つまりフレイラン殿下は、毎年数千万ルペーが新薬開発のために使われていると？」

「そこまでは分からない。俺も明確な証拠を掴んでるわけじゃないからな。ただ、気になる話がある」

「……？」

フレイランはそこでレイチェルを手招きし執務机の近くまで寄らせると声を潜めて話を続けた。

「アロイドについてだ」

「！」

「あいつは今十八だが……あの歳で婚約者のひとりもいなかったのはなぜだと思う」

「それは……」

「俺は第二王子という立場もあってむしろ婚約者を持っていない方が推奨されている」

「王太子のアロイド殿下より先にお子に恵まれたら、国内のパワーバランスが崩れるから、でしょうか」

「まあ、そうだな」

フレイランは頷いて答えた。

「俺はあいつが生まれる前までは王位継承権に一番近い位置にいた。だがアロイドが生まれ、序列は覆された。継承権に興味はないが——周りはそうは思わないだろう。あいつは第一王子で、かつ次期王位継承者。俺の存在を考えるのならなおさら。あの年齢で子のひとりやふたり、いない方がおかしい」

言われてみれば確かに。アロイドにあの年齢まで婚約者がいないのは不自然だ。レイチェルは公爵に強要された勉学の習得で目が回る毎日だったし、それにアロイド自身にそこまで興味もなかったので今の今まで思いもしなかった。

フレイランに指摘された違和感にレイチェルが思考を巡らせていると、フレイランが背もたれに背を預けながら言った。

「これは表沙汰になっていない情報だが、あいつの婚約者候補は全員死んでいる」

「え……!?」

「それも【魔力虚脱症】を発症してな」

「ま、待ってください。貴族にはあまり見られない病だと文献で読みました。貴族は魔力が強い家系が多いため、魔力が不足する事態になりにくいのだと」

「だが、実際にはあいつの周りだけ病の発症例と死者が多く出ている。そしてそれはどれも情報が握り潰されている。社交界でもこの事実を知る者は俺くらいだろうな」

「……どうして」

呆然と呟いたレイチェルにフレイランは答えることなく、また話を変えた。

「俺の母は【魔力虚脱症】で死んだとされている」

目まぐるしく変わる話題になんとかついていきながらも、レイチェルはフレイランの母を思い出す。

（フレイラン殿下のお母様。つまり、第二妃）

フレイランは言葉を続けた。

「魔力が不足して発症する【魔力虚脱症】。だが俺の母は豪胆な女でな、自分の魔力量は自分が一番把握していると言い、魔力が不足していないことを証明するために毎日のようにバンバン高位魔法を放った」

（それはかなり大事……なんじゃないかしら）

フレイランの言葉で説明される第二妃はレイチェルが想像だにしない人物のようだった。フレイランはレイチェルの驚きに同意するように頷きながら続ける。

「まあ、幼心ながらかなり破天荒な人だとは思った」

（フレイラン殿下がそう思うほどの方だったのね……）

そしてその第二妃の血は確実にフレイランに受け継がれているように思うのは、さすがに不敬だろうか。レイチェルはフレイランの我が道を行く豪胆さに少しだけ第二妃の面影を見た気がした。

「そして、母は魔力を毎日のように大量消費しながらある日突然死んだ。太陽に肌を焼かれ、苦しみながらな」

「……！」

「髪が銀になってから、十四日後のことだ。その日も調子よく魔力を飛ばして——俺の目の前で、太陽に焼かれて死ぬ吸血鬼のように、焼かれて死んだ」

「そんな……酷い」

淡々と語るフレイランに、レイチェルは息が詰まった。

実の母親が目の前で焼け死ぬ様を見たフレイランはどう思っただろう。レイチェルには想像が及ばない。

けれど、彼はまだ幼かったと言うし、とてもショックな出来事だったに違いない。

なのにフレイランは、それを他人事のように事実だけ並べている。それがより、悲しくレイチェルは感じた。

「……元々【魔力虚脱症】には不可解な点が多い。症状を発症すると髪が白くなり最後には焼け死ぬという話に、魔力が欠乏しているはずなのに毎日のように魔力を大量消費してもすぐには死ななかった母。そして今、新たなキーが揃った。それがお前だ」

フレイランの言いたいことはレイチェルにも分かった。彼はきっと、レイチェルの【死者の髪】のことを言っている。

「私は……生まれた時からこの髪色でした。だけど外に出ても焼かれることなく、十七年間生きている……」

「アロイドの婚約者候補は【魔力虚脱症】を発症し、全員が死に、そのどれもが何者かの手によって情報を握り潰されている。そして、時期を見ればそれは【魔力虚脱症】が世に出回る半年ほど前。初期も初期だ」

「……‼」

フレイランはそこまで話すと、既に確信を持っているのかのように答えた。

「アロイドが一枚噛んでいるんだろう。……例の新薬開発とやらにな」

思わぬ事態にレイチェルは驚きを隠せなかった。息を飲み、言葉を失う。驚愕に黙り込んだレイチェルにフレイランが続けて言った。

「俺がお前に、危険を冒してでもこの帳簿を預けた理由はふたつある。ひとつめは、お前が信頼に足る人間か見極めるためだ」

「信頼に……？」

「ああ。アロイドの婚約者となればお前は俺の政敵に当たるだろう。実際、お前の家門のレーナルトは王太子を持ち上げる派閥だ」

沈黙を守るレイチェルに、フレイランは言葉を続けた。

「だがお前は、純粋に家に従ってるだけの女には見えなくてな。貴族の娘に必要な内容を大幅に超えた知識を身につけていると聞いた時はついに女も手駒にするつもりかと思ったが——お前の髪色を聞いて気が変わった。お前は恐らく、その髪が原因でレーナルトの家では酷く当たられてたんじゃないか？」

「…………」

「沈黙は肯定と受け取る。誰でも分かることだ。お前の髪は奇異の髪。普通の人間はまず近寄りたいと思わない」

フレイランのはっきりとした物言いにレイチェルはショックを受けた。その通りだと分かっているが、それでも胸は痛んだ。レイチェルが黙ると、フレイランは瞳を細めて彼女を見た。

「勘違いするな、【普通の人間は】と言ったんだ。俺は母の例を見ているし、そもそも【魔力虚脱症】に懐疑的だ。だからそれを理由にお前を遠ざけようとは思わない」

フレイランはそう言うと、不意に話題転換した。

「ところで、お前はルミネッドについて調べているようだな？」

「え……。どうしてそれを？」

レイチェルが突然の話題に狼狽えると、フレイランは笑みを浮かべて答えた。どうも彼が笑うと不敵な笑みになるというか、悪役感甚だしくなる。

「バドーから報告が来ている。あれはああ見えて優秀な男だからな。お前が忙しなくルミネッド関連の本を探していることも知っている」

「！」

レイチェルがルミネッドについて調べ始めたのはここ数日だ。それも、帳簿の確認を進めながらそれに関連した必要な情報と共に、合間を縫う形で調べていた。隠していたつもりはないが、一緒に行動でもしなければまず気づかれないと思っていた。

だけどそれをバドーは見ていたし、知っていた。どこでバドーが見ていたのか、それとも他に部下がいて探らせていたのかは知らないが、レイチェルがフレイランの足を引っ張らないか彼は監視していたのだろう。

フレイランは思い出すように言った。

「ルミネッドはお前の妹、フェリシー・レーナルトの婚約相手の家だな。それでお前は素行調査をしているのか。ルミネッドの長男の」

「そうです。父が持ってくる縁談は信用出来ませんから」

はっきり口にしたレイチェルに、フレイランは少し面白そうな顔をした。

「なるほどな。確かにあの古狸は娘の感情になど一切配慮しないだろう。お前の懸念ももっともだ。……では、レイチェル。俺と取引をしよう」

「取引？」

「お前は随分妹のことを気にかけているな。俺には妹はいないし、弟と言えばあの馬鹿ひとりだ。お前の妹を想う気持ちは分からないが、苦労はさせたくないんだろう？」

「！」

「お前が俺に協力するなら妹の縁談相手の素行を俺の方で調べよう。相手に問題があるようなら、俺が手を回して条件のいい男と縁を結ぶよう公爵に働きかけてやる」

それは願ってもない提案だ。正直、ルミネッドのことを調べるには彼女ひとりの力では限界があったし、もし素行に問題があったり、フェリシーが幸せになれなそうな相手であった場合でも調えられた縁談を破談に持っていくのは難しい。下手をしたら公爵家が責任問題に追われ、より酷い展開になる可能性だってある。

だが、それら全てをフレイランが受け持ってくれれば、話は別だ。

レイチェルは自分にしか利がない提案に、疑問を覚えた。

「フレイラン殿下はどうしてそこまでしてくれるのですか?」

「お前にはやってもらいたいことがあるからな。……お前にしか出来ない」

真剣な声で言われた言葉に、レイチェルは驚いた。【自分にしか出来ない】と言われたのは初めてだった。

(【私でも出来ること】じゃなくて……【私にしか出来ないこと】。フレイラン殿下は、私に利用価値があると見定めた上で取引を持ちかけてきている)

それも、無理やり言うことを聞かせる方法ではなく対等に、レイチェルにも利のある交換条件をつけて。レイチェルは生まれて初めて、自分が人として扱われたような気がした。

(王族はみんな、権力にものを言わせて命じるものだと思っていたけど……フレイラン殿下は違うみたい)

少なくともレイチェルが今まで見たどの人間とも、フレイランは異なっていた。

それだけで十分だった、少なくとも今は。フレイランが信用に足る人物か、それを計るには彼のことを知らなすぎる。

だけど、彼の裏表のない、率直な言葉は信用出来る気がした。

なにより、レイチェル自身が信じてみたい。――やってみたい、と思った。

「わかりました。どうぞ、よろしくお願いいたします」

# 第五章　成長過程

フレイランとの取引から数日。蔵書室に変わらず足を運んでいたレイチェルは、前から歩いてくる人物に気がついた。眩い黄金の金髪は王族特有のもの。そして相手はフレイランではなく、アロイドだった。

「ごきげんよう、アロイド殿下」

「ふん、精が出ているな。フレイランの駒となって動いているようだが、なにか面白い話でも手に入ったか？」

アロイドはレイチェルの前に立つと、見下すように彼女を見た。アロイドとフレイランの仲が悪い――というより、アロイドがフレイランを一方的に敵視しているようだ。

レイチェルがフレイランに手を貸しているのも面白くないのだろう。アロイドは僅かにかがんで彼女の顔を覗き込むと、その顎に手を置いてレイチェルの顔を持ち上げた。

（っ……）

ぞわり、と背筋に悪寒が走る。それがアロイドへの拒否反応と気づくまで時間はかからなかった。アロイドの手を振り払いたかったが、しかしレイチェルはアロイドの婚約者だ。相手が王族、しかも王太子である以上そんな無礼な真似は出来ない。レイチェルは唇を噛んでアロイドが手を離すのを待った。

「だんまりか。つまらないな」

「殿下はどうしてこちらに？」

「俺が自分の家を好きにうろついてなにが悪い？　それとも……俺に見られたらなにかまずいことでも？」

「殿下に見られてやましいものはありません」

「は。どうだか。お前とフレイランになにか繋がりがあるのは知っている。あれのどこがいいのか分からないが、フレイランはスペアにすぎない。おまけに正妃の子ではない。多少見られる顔はしているようだがそれだけだ。お前が愚かな恋に道を踏み外すのはかまわない。元々お前は俺の好みではない。その時は諸手を挙げてお前たちを牢獄へと招待してやろう。地獄の果てで婚姻でもかわすといい」

「私とフレイラン殿下はそんな関係ではありません。殿下に失礼にあたります」

「ふん。口ばかり達者で、小賢しい女め。女は頭が足りないくらいがちょうどいいというのに……」

貴族の誰しもが選民意識を持っているが、アロイドはそれがより顕著だ。

差別意識の強い男と婚姻し、フェリシーは幸せになれたのだろうか。もう過去の彼女に会って確かめることができない以上、レイチェルの推論にしかならないがその可能性はきっと低い。

過去の記憶をたどれば自然と、フェリシーを見た最期の舞台を思い出す。目を焼くようなまぶしい夕陽の逆光。むせかえるような、観客の熱気。そのすべてが起想され、胸が痛くなる。

（感傷に、ひたっている場合じゃない。アロイド殿下がこういう方だというのは、もう知っていたじゃない）

アロイドはレイチェルのことを睨みつけていたがふと面白いことを思いついたとでも言うように唇を歪めた。

「まあいい。なにを言おうがお前は俺の婚約者だ。であれば、お前が俺を拒む理由はないな」

「え……？」

アロイドの手がぐっとさらに強くレイチェルの顎を掴み、上を向かせる。無理な体勢にレイチェルは首が痛かったし、なによりアロイドとの距離が近づくことに驚いた。

（この人、まさか――！）

アロイドはレイチェルにキスをしようとしているのだろう。

（嫌……！）

レイチェルは強く思ったが、しかしアロイドの言う通りだ。レイチェルがアロイドの婚約者である以上、彼を拒むことは出来ない。逃れたいがそれが許されない彼女は、せめてもとばかりに目をきつく瞑って視界を閉ざした。

その時。

「ここは、いつから密会の場所となったんだ？　アロイド。誰の目があるとも分からない公共エリアで逢い引きとは、呆れるな」

「……！」

ふたりしてバッと振り向くとそこにはバドーを従えたフレイランがいた。フレイランは蔵書室に用があるのか、煩わしそうな目でレイチェルたちを見ている。アロイドはフレイランの登場で、意識がそちらに向いたのかレイチェルから手を離した。

「フレイラン……お前、口の利き方には気をつけろ。お前は二番で、俺が一番だ。序列を弁(わきま)えろよ」

「一番二番など、どうにでも動かせる序列にこだわっているあたり……そんなに俺が気になるか？　兄想いだな」

「誰が！　いいか、フレイラン。お前とその女が通じているのは知っている。優秀な女だなんだと理由をつけて公務に携わらせているらしいが……それだけが理由ではないだろう。お前がそんな理由で俺の婚約者を手元に置くはずがない」

フレイランが現れた途端、怒鳴り散らすように怒りを露わにしたアロイドにレイチェルは驚きを隠せなかった。対してフレイランは変わらず、いつも通り落ち着いた、涼し気な顔をしていた。唯一バドーだけが厳しい顔をしている。

「好きなんだろう？　この女が」

不意に、アロイドが確信を持った声で挑戦的に言う。

(⁉)

レイチェルがその言葉に驚いた次の瞬間、レイチェルの手首が強く掴まれた。痛みを伴うくらい、強く。

「きゃっ……」

「だがこの女は俺のものだ。残念だったな。お下がりなら貸してやってもいいが……どうする？」

あまりな物言いにレイチェルは羞恥なのか怒りなのか分からない感情に襲われた。レイチェルが思わずなにか言おうと口を開く前に、フレイランがあっさりと言った。

「お前はなにか勘違いしているようだが……俺とその娘は私的な仲ではない。お前たちの関係に俺を持ち込むな。迷惑だ」

「っ……」

フレイランの言葉は的確だ。確かにフレイランとレイチェルは私的な仲ではない。確かにその通りではあったが、レイチェルはその言葉に少し動揺した。

(……？　私、どうして)

レイチェルが抱いた感情の理由を探っているとその間にフレイランはレイチェルとアロイドの隣を通り過ぎた。そして、蔵書室に入る手前で、ふと思い出したように言葉を続けた。

「ああ、そうだ。さっきも言ったがこのあたりは公共エリアだ。お前に、周囲に見せつけたい……という性癖があるなら好きにすればいいが、そうじゃないなら控えたらどうだ？　王太子の品質が問われる前にな」

それ以外には特になにも思っていないような口調で、さっさとフレイランは蔵書室に入ってしまった。通り過ぎる際、バドーがぺこりとお辞儀をして部屋の向こうに消えていく。廊下に残されたのがレイチェルとアロイドふたりだけになると、アロイドは乱暴にレイチェルの手を離した。

「クソッ……！　フレイランめ、俺のことを馬鹿にして……‼」

「…………」

「なんだその顔は！　なにか言いたいことでもあるのか⁉」

アロイドは自分を見つめるレイチェルに苛立たしげに言った。レイチェルは首を振る。

「いえ……」

「っ……くそ、二番目の分際で舐めた真似を……！　どけ、レイチェル。お前にもう用はない‼」

アロイドはレイチェルを乱暴に押しのけると足取り荒く歩いていった。レイチェルはそれを呆然と見ていたが、すぐにハッとしてフレイランを追いかけて蔵書室に入る。

控えめに蔵書室を開けると、変わらず広大な室内が目に入る。レイチェルは蔵書室に入ると、フレイランの姿を探した。

しかし蔵書室は広いのもあって、フレイランの姿はすぐに見つけ出せない。

（どこに行ったのかしら……）

レイチェルが思いつくままにフレイランを探して本棚の間を覗いているとふと、見慣れない本が目に入った。子供向けの絵本だ。レイチェルはまともな幼少期を送ったとは言えないのでさらっとした知識しかないが、大抵の子供は親や家庭教師に読んでもらうものらしい。可愛らしいデザインの背表紙が多い中、一面真っ白のその本は非常に目立った。

（なにかしら……？）

レイチェルはそれに手を伸ばし、本を取ろうとした。だが――

「っ……!?」

バチッ、という強いしびれが指先に走り、本を手に取ることはおろか触れることすら出来ない。レイチェルは本棚の前で立ち尽くしながらその白い本を見た。

（これは結界魔法の一種？　でもどうして）

王城の蔵書室で結界魔法をかけられた本など、およそ普通とは言えない。

（フレイラン殿下ならなにか知っているかも）

レイチェルは指先の痛みを覚えながら彼の姿を探すのを再開した。

そして、フレイランはレイチェルが初めて彼と会った本棚の前にいた。なにか調べものをしているのか、手に取った本をぱらぱらとめくっているようだ。

フレイランに声をかけるには心の準備が必要だった。元々フレイランは他者を寄せつけないような雰囲気を持っている人間だし、王位継承権第二位を持つ王族だ。おいそれと話しかけられる人物ではなかった。

それに加え、さっきのアロイドとのやり取りがあったことで話しかけにくさに拍車をかけていた。しかしここで黙って見ているだけではただの不審者だ。レイチェルが勇気を出して声をかけようとしたところで、先にフレイランがレイチェルに言った。

「話し合いは終わったのか？」

（！　私に気がついていたのね）

レイチェルはぎこちなく頷きながら言葉を返した。

「先ほどはありがとうございました。……アロイド殿下が引き下がるよう、わざとああ仰ったのでしょう？」

フレイランはページをめくる手を止めずに言った。

「わざと？　……なにをだ」

「さっき、必要以上に冷たい言い方をしたのはアロイド殿下の意識をフレイラン殿下に向けるためですよね？　……あなたが蔵書室に行くために私たちが邪魔だったとしても、あんなに煽る必要はなかったんじゃないかと思って」

「…………」

フレイランはレイチェルの言葉を聞いてしばらく黙っていたが、やがてパタン、と本を閉じた。本を片手に持ちながら、フレイランはレイチェルを見る。

「それはお前の考えすぎだ――と言っても、お前はもうそうだと決めつけているようだな」

「そう考えれば納得出来るんです。あなたは多分、いつもはアロイド殿下のことをもっと穏便にやり過ごしているんじゃないかって。必要以上に煽っても殿下に利はありませんし、アロイド殿下の挑発に乗るほどフレイラン殿下はあの人のことを相手にしていませんよね？」

「…………」

「だから、ありがとうございました」

再度レイチェルが感謝の言葉を口にすると、フレイランはしばらく黙ったままだったが、やがて言った。

「フェイでいい」

「え……？」

「【殿下】がふたりもいるとどっちを指しているのか分かりにくい。俺のことはフェイでかまわない」

「え、ですが……」

レイチェルはアロイドの婚約者だし、そもそも親密な仲でもない男女が愛称で呼び合う――

呼ぶのはレイチェルだけだが、どうなのだろう。戸惑うレイチェルにフレイランは続けて言った。

「俺とふたりの時だけだ。バドーにも知らせるな。いらん勘ぐりをされて面倒になる」

「……………」

「それに、お前に協力を依頼している例の件が公になれば、お前の婚約も破談になる」

「！」

あっさりと言われたその言葉にレイチェルは息を飲んだ。フレイランは続けて言った。

「なにより、俺とお前はそういう関係じゃないだろう。であれば、呼び名などなんでもいいはずだ。利便性を考えてそう呼んでもらいたいが？」

そこまで言われればレイチェルも断る理由がない。それにふたりきりの時だけであれば、呼び名を第三者に咎められることもないだろう。他に含む意味がないのなら、なおさら。

（第二王子殿下にここまで言われたら拒否もしにくいし……）

レイチェルは頷いて答えた。

「分かりました。では、フェイ殿下？」

「フェイでいい。それじゃなんのために本名をお前に短縮させたか分からなくなる」

「それは……さすがに……」

（殿下の名前を呼び捨てにってことよね？　いいのかしら？）

レイチェルは尻込みしたが、それ以上フレイランは言葉を続けなかった。静かな圧力に逆らえず、小さくレイチェルは言った。

「……フェイ」

「それでいい。余計な誤解を招きかねないから、外では呼ぶなよ」

（フェリシーのことを取り計らってくれたり、愛称で呼ばせたり……）

なんというか、フレイラン・アロ・リージュという人間は知れば知るほど分からない人間だ。彼の意図の読めない行動にレイチェルは振り回されっぱなしだった。

「分かりました」

レイチェルが頷いて答えると、フレイランは満足そうな笑みを見せた。いつもの不敵な笑みとは違う、優しい瞳をしているように見えるのはレイチェルの勘違いだろうか。

（…………）

じわじわと頬が熱を持った。これまで異性とのかかわりが全くなかったから、そのせいだろうか。レイチェルは熱を持つ頬の意味を深く追求することはせず、先ほど見た本について尋ねることにした。

結界魔法の施された本を見つけた、と言うとフレイランの動きが止まった。

そして、すぐにレイチェルに向き直って尋ねてくる。

「その本はどこにある」

レイチェルがその本棚の前まで彼を案内すると、彼は驚いたようだった。真っ白な本の背表紙を睨むように見つめながら、フレイランが手を伸ばす。レイチェルが触れた時のように本がフレイランの指先を弾くことはなかった。

「！　触れた……」

レイチェルが呆然としたように呟くと、フレイランは手に取った本を開き、素早く視線を走らせる。

「………」

「でん……フェイ？　その本にはなにが？」

まだ呼び慣れない彼の愛称を口にしながらレイチェルが尋ねるが、フレイランから返事はない。彼は真剣な面持ちで本を読み込んでいる。ピリついたオーラに、フレイランがとても集中していることを感じ取ったレイチェルはフレイランが本を読み終わるのを待った。

そして、それから数分程度してから、フレイランはようやく本を閉じた。ぱたん、という音がしてレイチェルは彼を見上げる。

本の内容は気になったが、覗き込むような真似は出来なかったし、なによりしようと思っても身長差があってそれは叶わない。レイチェルとフレイランの身長差は軽く見積っても二十センチはある。

「……お前は【死者の髪】の女だと言われているようだが――」

「！」

「本当のところは国民を救う救世主、【聖女】なのかもしれないな」

「⁉」

フレイランらしからぬ言葉にレイチェルが目を丸くしていると、彼は片手に本を持ちながら言った。

「これは薬品投与の記録と、それにまつわる収支を詳らかに記したものだ」

「！」

「俺は言ったな。数千万ルペーを使用した新薬開発について、ある程度当たりはついているが、証拠は掴んでいない……と。まさにこれが、その証拠だ」

「！」

レイチェルは息を飲む。まさかこんなにすぐに見つかるとは思っていなかったのだ。レイチェルはフレイランに協力をすることになってからその証拠集めに奔走していた。それがこんな形で見つかるなんて。驚くレイチェルに、フレイランも気分が高揚しているのか、彼にしては珍しく早口に言葉を続けた。

「なるほどな、これだと俺が気づけるはずがない。ここには何度となく足を運んだが全く気がつかなかったのはこれが理由か。木を隠すなら森の中、とはよく言ったものだな」

「あの……殿下？」

「レイチェル。これには認識阻害の魔法がかかっている。かなりの高等魔法だ。俺ですら気がつかない代物のそれを、お前は気がついた。その意味が分かるか？」

「……？」

レイチェルが首を傾げて見せると、フレイランは気を落ち着かせるためか深く息を吐いたあと、本を元の場所に戻す。

「あ……。よいのですか？　それは貴重な証拠なんじゃ……？」

「かまわない。認識阻害魔法は一度破ってしまえばその後は効かない。それに……今手元に持っておくには時期が早い」

「？」

「レイチェル、一度執務室に引き上げるぞ。相手に勘づかれる前にな」

フレイランはそう言うと踵を返した。

（よく分からないけど……）

相変わらず行動が早い人だ、とレイチェルは思いながら彼のあとを追った。

そして、この証拠を見つけたことをきっかけに事態が少しでもいい方向に動けばいい、とも思いながら。

＊＊＊

レイチェルがフレイランの執務室に入るのもこれで三度目になる。初めての時に比べればだいぶ緊張しなくなったが、それでも顔は強ばってしまう。

硬い表情でレイチェルが部屋に入るとフレイランは扉を閉めて防音魔法を張ってから、話を再開させた。

「まずあの本には認識阻害の魔法がかけられていた。あの本が蔵書室にあるということは、司書でも把握していないだろうな」

「……さっき、フェイは木を隠すなら森の中って言っていました。その本は誰が保管しているのでしょうか？」

「それはまだ分からない。だが、心当たりならある」

「！」

「状況を整理しよう。まず、国庫から不自然に減少した正体不明の金。これは年々拡大していく王族の金遣いの荒さが響き、そのツケが回った翌年から始まっている。俺はこの不自然に浮いた金と、アロイドの周りで頻発した【魔力虚脱症】に関連性があると見て、アロイドの背後にいる人間の洗い出しを行っていた。ここまでは問題ないな？」

「はい。フレイラン殿下は、アロイド殿下が【魔力虚脱症】の特効薬の開発に注力しているとお考えですか？　損失分の穴埋め、国庫の資金調達のために？」

レイチェルの言葉にフレイランは顔を顰めた。

「は。もしそうだったなら王太子に相応しい王子様、だったが……残念ながらあれにはそこまで民草を思う心はない。あるのは自己保身と逃げ腰の自己愛のみだ」

辛辣なフレイランの言葉にレイチェルは薄々ずっと感じていたことを口にした。

「フレ……フェイはアロイド殿下と仲が悪い、ですよね？　アロイド殿下がフェイを目の敵にするのは、彼の性格を考えると分かります。ですが、フェイはあまり彼のことを相手にしていませんよね？」

「……アロイドは俺のことが邪魔で仕方ないだろうな。いつ王太子の座を奪うかも分からない」

それを尋ねるのは勇気が必要だったが、レイチェルは意を決して尋ねた。

「フェイは、王太子になろうとしているのですか？」

「さあな。だが、必要に駆られればその座に座ることもあるだろう。どちらにせよ、今のアロイドには任せられないな。あんなのが国王にでもなればこの国はすぐに周辺国に呑まれるぞ」

「…………」

フレイランの言葉はもっとものように感じた。レイチェルが知るに、アロイドという男は毎日のようにどこかの家でパーティを開き、遊戯に耽っている。毎夜毎夜、消えていく金銭は決して少なくない。フレイランに見せてもらった財政状況を考えれば眉をひそめざるを得なかった。

（アロイド殿下はどう考えているのかしら……）

「それに、あれは俺の母親を殺している。当時、俺もまとめて処分するつもりが偶然俺だけ生き残ってしまったのか、それともあの時は母だけを始末するのでよかったのか——。どちらにせよ、今は俺をどう殺すか、そればかり考えているだろうな」

「⁉　……フレ、フェイのお母様を？」

（ということは第二妃、よね。あら？　でも確か……）

フレイランの母親である第二妃は【魔力虚脱症】を発症し儚くなってしまったのではなかったか。それとも、実は毒殺だったか？　混乱するレイチェルにフレイランが続けて言った。

「【魔力虚脱症】にアロイドが関わっているなら、俺の母の死もあいつによるものだろう。……話が逸れたな」

「…………」

レイチェルはフレイランの言葉にふと、閃くものがあった。

（あれは……確か、そう。アロイド殿下と初めてお会いした時のこと）

レーナルトの邸宅で初めて彼と会った時。彼はこう言っていなかっただろうか？

——俺の知り合いに、魔力量は減っていなかったにもかかわらず、【魔力虚脱症】になって死んだ女がいる。

アロイドの言っていた〝女〟がフレイランの母親であったなら。そして、フレイランの言う通り、【魔力虚脱症】にアロイドが関わり、彼が第二妃を死に追いやったなら。

（なんて……酷いことを）

まだ可能性の話にすぎないと分かっていたが、それでもレイチェルは怒りに唇を噛んだ。そんなレイチェルには気がつくことなく、フレイランは話を戻した。

「あの本には【認識阻害】の魔法がかかっている。それもかなり高度、解くにはそれなりの腕の魔術師が必要だ」

彼はいつも通りだ。落ち着いて見える。

（フレイラン殿下……フェイは、恨んでいないのかしら？　もし彼の言ったことが本当なら、お母様を殺したのはアロイド殿下ということになる）

フレイランの感情は読み取りにくい。表情にも表れないし、口調も一定している。レイチェルが彼を見る時、彼はいつも落ち着いているように見えた。

（だけど……第二妃が亡くなってから、フェイはずっと不正の証拠を追っていたのよね？）

第二妃が死んだのはフレイランが十七歳の時。第二妃が病気になったと知らされて、留学先から一度戻ってきた時のことだと聞いた。それから五年。彼は留学を中断しリージュ国にいる。

（全てはお母様の死の原因を明らかにするため？）

もし、そうだとしたら。フレイランは表に出さないだけでかなりの感情を溜め込んでいるのかもしれない。人前では見せず、隠し、何事でもないような顔をして、真実を追い求める。五年という期間は長い。それに、彼は母の死を目の前で見たという。……五年の間、彼がなにを考えていたのか。レイチェルには分からない。

「……レイチェル？」

考え込んでいるレイチェルに気がついたのか、フレイランに呼び止められる。レイチェルはその声にやっとハッとしてフレイランを見た。

「疲れているのか？　であれば、あとはこっちでやっておくが」

「！　いいえ、大丈夫。話を聞かせてください」

「……無理はするなよ」

フレイランは短く言ったが、その声にはレイチェルを案じる声があった。それだけでなんとなく、レイチェルは心がふわふわとした。他人に気遣われるのも、初めてだったから。

（彼の力になりたい。私に出来ることは……なにがあるだろう？）

レイチェルが頷いたのを見て、フレイランは話を再開する。

「どこまで話した？　……ああ、この本には認識阻害の魔法がかけられてる、と言ったあたりまでだな。高位の認識阻害魔法を施された本。だけどお前はあっさりとそれを見破ることが出来た。結論から言おう、俺は【魔力虚脱症】は魔力不足で起きるものではないと考えている」

「え……!?」

それは、根本から考えを覆す発言でもあった。レイチェルが驚きに息を飲むと、フレイランは唇の端を持ち上げて言う。

「そして、今回、お前がこの魔法を見破ったことで――俺の仮定は、確信となった。おあつらえ向きに証拠も手に入ったしな」

「待ってください。でも、魔力不足が原因で引き起こされるのではないのだとしたら、なにが原因で起こるのですか？」

「それの答えが、あの本に書いてあった」

「！」

ごくり、とレイチェルは息を飲んだ。レイチェルがフレイランを見ると、彼は真っ直ぐにレイチェルを見て静かな声で言った。

「端的に言うと、色素不足だ」

「？　色素……？」

「レイチェル。お前はアルビノという人種を知っているな？」

「！　はい。聞いたことがあります。左右の瞳の色が違い、髪も白髪で、色素の、うすい――」

そこまで口にして、レイチェルはハッと気がついた。今言った言葉と近しい症状が起きる病気を、彼女はもう知っている。驚きに息を飲む彼女にフレイランも頷いて答える。

「アロイドたちに流れていた金の行方も分かった。あいつらがしていたのは、メラニン色素破壊による、人体実験だ」

「――」

「人体に存在するメラニン色素を破壊し、それに耐えうるギリギリを見極める。あるいは彼らがなにかしらの目標（ゴール）を設けているのであれば、そのゴールと定めた結果が見られるまで実験を繰り返す。結果、メラニン色素を過剰に破壊された人間は太陽の光を浴びることによって肌が焼け、爛れ、腫れ上がり、最終的には焼死する」

「――っ！」

思いつきもしなかった非人道的な話にレイチェルは茫然とした。言葉が出てこない。

なにを言えばいいかも、なにを考えているかも判然とせず、ただ頭の中が真っ白だった。

人体実験。色素破壊。【魔力虚脱症】は作られたものだった？　なぜ？　どうして？

（いや、それよりも――）

皆が恐怖して、苦しい思いをして、悲しんで。【魔力虚脱症】になった人は周囲から迫害を受けて、その上苦しみに苦しみ抜いて死んでいく。そんな、恐ろしい病気は意図的に作られたものだった。

レイチェルは思わず口を押さえた。そうでもしないとなにか叫んでいたかもしれないし、吐き気を感じていた。

「……話を続けるぞ」

レイチェルを見て、確かめるような口調でフレイランが言う。今のレイチェルは顔が真っ青だった。

「気分が悪いのなら日を改める」

フレイランの言葉に、レイチェルは首を横に振った。

(頑張りたい、と思った)

彼の役に立つためならこんなことでくじけていてはいけない。レイチェルはもう二度と、弱い自分に負けないと、誓った。時が巻き戻って、生きた妹に会ったその時に。

(だから……)

「大丈夫、です。ごめんなさい。話を止めてしまいました」

レイチェルの顔色はまだ悪かったが、その声には揺るぎない強さがあった。フレイランは彼女を見てから、話を続けた。

「……【魔力虚脱症】はその実験がもたらした結果にすぎない。それに名前をつけたのは――そう名づけることで彼らの行っている実験が気づかれないようにするためか」

「フェイは既に誰が主導したのかご存じなのですか？　それはアロイド殿下？　それとも違う方が？」

「恐らく両方。だが、アロイドは詳しくは知らないだろう。あいつはそこまで頭が回る男じゃない。だから……全て手配し、指揮を執っている者は別にいる、と考えるべきだな」

フレイランの言葉を聞きながら、レイチェルにはある疑問が湧き上がった。彼女は顔を上げてフレイランに尋ねる。

「私が魔法に気がつけたのはなぜなのでしょう?」

「……ああ。それについてもまだ言ってなかったな。お前は、自覚していないだけで魔力が相当に高い。だから本の仕掛けにも気がついた」

「魔力が……?」

突然そんなことを言われても自覚のないレイチェルには実感が湧かない。

「あの魔法は一度認識さえしてしまえば破るのはたやすい。魔法に疎いお前にも分かるように言うなら、そうだな。本物に限りなく近い贋物を見破る鑑識眼を持っているようなものだ。何百とある作品の中に紛れ込んだレプリカは、見つけるのが極めて難しい。だが、お前のように特別な【瞳】を持った人間ならそれも可能」

「私にとって、その【瞳】が【魔力】だった……ということでしょうか」

「そうだな。完全にイコールではないがそれが近い。贋物は、一度見破られれば他者にもそれと認識出来る。お前が『これは偽物だ』と言った瞬間に、それを視認できなかった人間もそれをレプリカと見破ることが出来る、というわけだ」

「それは魔力によるものなのですか? それとも、私が魔法を使ったから……?」

魔法を使った、という感覚は全くないが、その事象を引き起こしたのが魔力によるものなのか知りたくて尋ねると、フレイランはすっと瞳を細めてレイチェルを見た。

「お前は――魔法の座学は習得していないのだったか。それがなぜなのかはおおかた予想がつく。どうせ、【魔力虚脱症】の進行を恐れてのことだろう」

全くその通りだったのでレイチェルが驚きに瞳をぱちぱちとさせていると、フレイランはレイチェルの返答を待つことなく言葉を続けた。

「お前が例の本に気がつけたのは間違いなく、魔力の高さが理由だ。そして、次。お前は他者に本の存在を知らせようとした。俺に、本の存在を教えた時点で【認識阻害】の魔法は解除されている。レイチェル、お前の魔力――すなわち魔法によって無効化されたわけだ。もっとも、誰にでも視認出来るものではなく対象は俺のみ、という焦点が絞られたものだけどな。お前がその魔力の高さゆえに無自覚に魔法を使った、という可能性は高いだろう。これを魔法なしでこなせるやつがいるとは思えない」

「…………」

「俺としては、こんな高い魔力を持ちながら魔法を学んでいないことの方が驚きだけどな。宝の持ち腐れ、というやつだ。魔術師管連盟が知ったら喉から手が出るほど欲しがるだろう。あそこは年中人手不足だしな」

レイチェルはフレイランの言葉をすぐには飲み込めなかった。

（私の……魔力が豊富？）

時が巻き戻る前は、魔力不足が理由で発症すると言われている【魔力虚脱症】の髪を持っていたために、魔力があるなんて考えもしなかった。むしろ自分にはほんの少しの魔力もないのだろうと思っていたのだ。

「ともあれ、ここからが厄介だ。あの本には署名がなかった。第三者の手に渡った時のためだろうな。……文官に調べさせれば、王宮に保存されている本全てを検め、誰の字か判明するだろうが……そうしている間に逃げられないとも限らない。なにより、アロイドと繋がりを持つくらいだ。それなりの権力者であることは間違いないだろうな」

フレイランは苦々しく言った。彼の言うとおり、王宮文官に命じれば多少時間はかかっても必ず誰のものかは判明するだろう。アロイド殿下と繋がりを持つくらいだから、それなりの地位にある人物。それなりの地位にあれば、必ずその人物の筆跡がこの城内のどこかしらには残されている。だけど、だからこそ。地位があるからこそ、こちらの動きに気づかれたら筆跡が判定する前に逃げられる可能性がある。フレイランの考えとレイチェルも同意見だった。

レイチェルはふと、思いついたように言った。

「……私が、探してみます」

「は?」

「禁書室には全ての会議の議事録や、報告書が保管されていると聞きます。その全てを確認すればもしかしたら」

「……徒労に終わる可能性の方が高いと思うが? それに、全部確認するとなると相当の量だぞ。一日やそこらでは終わらない。やめておいた方が賢明だ」

「でも」

「いい。お前はここまでよく働いてくれたからな。少し休め」

フレイランはその話は終わりだと言わんばかりにレイチェルの言葉を遮った。そして執務机の上に置いてある書類をどかすと、目的の紙束を取り出す。紙を捲りながらフレイランは紙面に視線を走らせて言った。

「お前の妹、フェリシー・レーナルトの婚約者であるルミネッドについて調べさせた。特筆すべきことはなにもない、【普通】としか形容出来ない男だな。賭博も酒も貴族として一般的な程度にしか手をつけていない。ただ、女関係についてはどうも賑やかなようだな」

フレイランはざっと紙面を見ると、それをレイチェルに渡した。レイチェルはそれを受け取ると、同じように視線を走らせる。フレイランの言った通り、ごくごく一般的で平均的、女遊びは激しいようだ、と報告書と思われる紙面には記載がある。

「貴族には珍しくないが、お前が気になるようであれば清廉潔白な男を宛てがうことも出来る。どうする？」

「……………」

「大切な妹なんだろう？」

その声は事実を確認するような、レイチェルの返答を急かすような、そんな声だった。

（女癖がよくないのは……フェリシーが悲しむ可能性が高いわ。出来るなら避けたい。だけど……）

姉であるレイチェルがそこまで介入するのはどうなのだろう？　レイチェルが出来るのは、幸せな結婚をお膳立てすることだけ。そこから幸せになれるかはフェリシーにかかっている。本質的な意味で、レイチェルがフェリシーを幸せに出来るとは言い難い。レイチェルはフェリシーを最期まで看取ることは出来ないし、その一生を背負うことも出来ない。

きっと、そうしてもフェリシーは喜ばないだろう。

（それに……多分。幸せは自分で掴むものだわ）

誰かに用意され、与えられた幸福は幸福と言えない。レイチェルは少し黙ったあと、首を振った。

「少し……様子を見させてください。私は情の多い人、というのは苦手だけど。フェリシーがどう考えるかは分からないもの。だから、彼らの顔合わせを見て、フェリシーの反応を確かめてから……にします」

「……意外だな。お前のことだから、自分の手で必ず幸せにする、とでも言うかと思った」

フレイランは少し驚いた様子で続けた。彼にはレイチェルがそう見えていたのかと、レイチェルは少しだけ恥ずかしくなる。

（確かにフェリシーには幸せになってほしい。幸せになるべき娘だから。でも、その全ての道

を私が舗装するのはきっと、間違ってる）

　フェリシーもそれは望んでいないだろう。レイチェルはフェリシーの幸せを願っているが、だからといってその考えを押しつける気はない。

「私は確かにあの娘には幸せになってもらいたい。あの娘は本当に優しい娘だから……悲しむところは見たくないんです。言われのない謗り（そし）を受けるところも」

「優しい、ね」

　フレイランが小さく続けたがレイチェルはそのまま、自身の考えを整理するように言った。

「だけど、私は私の考えを押しつける気はない。あの娘が悩んだ時に背中を押せる、そんな存在になりたいんです。あの娘が困った時に手を伸ばせる、助けられるような、存在でいたい。だから、なにもかもを私が決めるのは間違ってる。そう思います」

「お前は……変に頭が固いな」

「え？」

「いや、いい。お前の考えは分かった。ルミネッドについては俺も様子を見ておく。まだ報告に上がってないだけで、なにかしている可能性もゼロではないからな」

　フレイランの様子にレイチェルは疑問の残る顔で頷いて見せた。そして、覚悟を決めた顔でフレイランを見た。

「フェイ。先ほどの話ですがやっぱり……私にもなにかさせてほしいんです。このまま終わり、というのは納得出来ません」

「へえ？」

フレイランは表情は変わらなかったが、その瞳はほんの少しだけ、楽しそうな色をしているように見えた。レイチェルはフレイランを見てハッキリと言う。

「三日——いえ、二日。二日、時間をくれませんか？　それまでにあの本を書いた人間を見つけます」

# 第六章　黄のチューリップ

——いい。お前はここまでよく働いてくれたからな。少し休め
その言葉はどうしてか、酷くレイチェルにショックを与えた。

（だって……まるで突き放されたみたいに感じた。役立たずみたいで……）

実際、レイチェルが手助け出来ることはなかった。だからこそフレイランもああ言ったのだろう。分かってはいる。分かってはいたが、それでもモヤモヤした。レイチェルはその理由を深く追いかけることはやめて、息を吐き出す。

自分で二日、と期限をつけたのだ。これで見つけられなかったとは言いたくない。たった二日で膨大な数の報告書や議事録から例の本の筆跡を見つけるのは至難の業だ。

翌日。レイチェルは朝方フレイランに呼ばれて登城した。あのあとすぐにでもレイチェルは禁書室に向かおうと思っていたのだが、それを止めたのがフレイランだった。

『筆跡を見分けるにも、手元にあの本がないのでは話にならない。といって、あれを持ち出されると相手に気づかれる可能性があるからな』

朝早い執務室でフレイランが手渡してきたのは、彼らが見た証拠品の本とそっくりのものだった。レイチェルが驚いてフレイランの顔を見ると彼は涼しい顔で答えた。

『模造品だ』と。

レイチェルが中身を確認すれば、フレイランが見た本の内容をそのまま書き写したように見えた。

『さすがに専門の者が見れば気づくだろうが、探しもの程度であれば使えるはずだ』

『殿下は、筆跡を似せることも出来るのですか……？』

驚きにしばらく呆然としていたレイチェルだが、そう尋ねるとフレイランはあっさりと答えた。

『昔、必要だったからな。その時に技法を学んだ』

『…………』

彼はなんてことのないように言っていたが、それがどれだけ大変なことかレイチェルは知っている。筆跡を真似るなど、一朝一夕には出来ない手法だ。レイチェルはフレイランから受け取った偽造本をしっかりと抱き抱え、朝から禁書室へと詰め込んだ。

＊＊＊

気がつけばもう外は真っ暗だった。本来なら帰るべき時間だが、今はほんの僅かな時間が惜しい。レイチェルはフェリシーに口裏を合わせてもらい、レーナルト邸の目を誤魔化すことにした。

（ごめんなさい、フェリシー……！）

大切な妹に口裏を合わせてもらう――嘘をつかせてしまったこと、状況に巻き込んでしまったことに罪悪感を抱きながら、レイチェルは真夜中になっても懸命にフレイランから渡された本を片手に膨大な蔵書に手を伸ばした。

それらしい本は全て目を通した。だけどまだまだ数はある。改めて、禁書室に保管された数の多さに目眩がしてくる。

（やっぱり、無理があったかしら……）

そう思い落ち込みそうになったが、一回口にした以上は出来ることをやらなければ。まだ諦めるには早い。時間もあるし、レイチェルは厳しい教育を受けてきたため、数日間なら睡眠は取らなくてもなんとかなる。それでも眠いものは眠いので、目を擦りながら脚立を使って上の方の本へと手を伸ばす。

（これも空振り……）

何冊目かの本を元の場所に戻す。禁書室は窓がないので外の時間が分かりにくい。手元の懐中時計を見ると、既に夜明けを迎えていた。

（残り時間はあと一日……！）

＊＊＊

飲まず食わずでも問題なかったが、さすがに喉の渇きを感じたレイチェルは昼前に一度作業の手を止めて禁書室をあとにした。禁書室は飲食の持ち込みが厳禁だ。禁書室に出入りする時はいつも以上に視線に気をつける。万が一アロイドと鉢合わせでもしたら、なにを言われるか分かったものじゃない。

レイチェルは通りかかったメイドに飲み物をお願いすると、サロンへ向かった。

運ばれてきたのはダージリンの紅茶とシフォンケーキ。そういえば昨日からなにも食べていなかったと気がついたレイチェルはメイドの気遣いをありがたく思いながら、シフォンケーキを口に運ぶ。

（私の髪を恐ろしいと思っていてもおかしくないのに……）

最近はよく王城に顔を出しているからか、表立って怯えられるようなことは減った。だけど、まだ話しかければ怖がった顔をされることもあるし、避けられることもある。だからこそ、この気遣いはレイチェルにはとても嬉しかったのだった。

禁書室に戻り、手当たり次第、というわけではないがめぼしいものを手に取っているともう夕陽が沈む時間になっていた。

（やっぱり見つからない……。そうよね、こんなに数があるんだもの）

今になって、フレイランの呆れたような言葉が現実味を持ってくる。少し自分は楽観的すぎたかもしれない。レイチェルは肩を落としたが、まだ残り時間はあると自分を奮起させ、新たな本を手に脚立を登った。

そして——。

「！　あった……！」

掠れるような声で、叫ぶ。手元の本と文字を照らし合わせるが、記された字は重なるように似ていた。

（このπの跳ね方、文字の上がり方……書き方がよく似ているわ。それにRの形のくせも一緒！）

見れば見るほど、全て一致している。

（やっと見つけたんだわ……！）

喜びから思わず肩の力が抜ける。

（早くフェイに伝えなきゃ。これを書いた人は……）

レイチェルがその文字を記した人間の名前を探そうとしたところで、注意が散漫になり、不意に足が滑る。

（!?）

「っきゃ……!?」

思わず悲鳴が零れるが、禁書室は元々限られた人間しか足を運べないのもあり、今はレイチェルひとりだ。当然、彼女の悲鳴に反応するものはいない。

(落ちる――‼)

来る衝撃と痛みに備えて本を抱えながらぎゅっと目を閉じるが、しかし感じたのは痛みではなかった。

「っ……⁉」

なにかにぶつかる感触。しかし、それは硬い床ではなかった。驚いてレイチェルが顔を上げると、そこには珍しく驚いたように眉を寄せるフレイランの顔が――近くにあった。

「フレっ……フェイ⁉」

「もう少しで約束の期限だからと来てみたら……まさかお前が降ってくるとはな」

「ご、ごめんなさい！」

レイチェルは謝罪しながらフレイランから身を離そうとする。脚立から落ちたレイチェルは、しっかりとフレイランに抱きかかえられていた。彼の手はレイチェルの体をしっかりと支えていて、彼女もまたフレイランの肩に手をついている。初めて触れたフレイランの肩は王族服の、硬い感触がした。

「本当にごめんなさい。どこか痛めたりしていませんか？」

「驚きはしたが、それだけだ。女性ひとり抱えた程度でどうにかなるやわな鍛え方はしていない」

　フレイランはそう言いながらレイチェルを下ろした。レイチェルは彼の手を借りながら、カーペットの敷かれた床に足をつける。フレイランはレイチェルのことをひと通り見て怪我がないことを確認すると、本題に入った。

「進捗はどうだ？　期限までもうわずかな時間しかないが、それらしいものはあったか」

「！　フェイ、見つけたんです。あの本と、同じ筆跡を書く人を！」

　レイチェルは思い出したように言い、手元の本を開いてフレイランに見せた。

＊＊＊

　ふたりが執務室に移動すると、前回同様フレイランは防音魔法を張ってから本の中身を確認する。

「これは魔法適正研究報告書だな。作成者は……ロベルト・バートリーか」

「！　ロベルト・バートリーってあの？」

　レイチェルは思わず声をあげる。ロベルト・バートリーとは魔術師管連盟理事長の名前だ。

　レイチェルは脚立から落ちてしまって、結局本の作成者の名前まで確認出来ていなかった。フレイランはレイチェルの言葉に頷いて答える。

「ああ。間違いない。この筆跡、彼の書く文字には癖があるな。管轄が違うので見たことがなかったが……なるほど。これはほぼほぼ、一致している。同一人物だとまず考えて問題ないだろう」

「！」

「レイチェル」

レイチェルは突然呼ばれてフレイランを見上げた。彼は笑みを浮かべてレイチェルを見ている。その笑みはいつもよりなんだか柔らかく見えて、思わずレイチェルは動揺した。

「あの……？」

「正直、こんな闇雲に探したところで勝率はかなり低いと思っていた。無駄骨に終わる可能性が高いとな。……だけどお前は決められた日程内でこれを見つけてきた。お前の選択に助けられたな」

フレイランの柔らかな笑みにレイチェルは落ち着かなくなった。彼の瞳が優しい……と感じるのはレイチェルの勘違いだろうか。だけど、勘違いなのだとしても、レイチェルの頬は否応なしに熱を持っていった。落ち着かなくて、そして少し、後ろめたい。

この感情はきっと、持ってはいけないものだから。

（なにか言わないと……）

レイチェルは僅かに迷ったが、正直な気持ちを言葉にすることにした。

「私ももう無理かもしれないと思ったんです。偶然に助けられました」

レイチェルがはにかんで答えると、フレイランは少し考え込むように黙ってから言った。

「……いや、お前は寝る間も惜しんで探しただろう？　寝食をも忘れていたと聞いている」

「聞いて……。えっ？」

レイチェルが目を丸くすると、フレイランはなにを当たり前なことを、とでも言いたげな顔をして続けた。

「禁書室には本来王族しか立ち入りが許されていない。そんな場所にお前の入室を許可したんだ。ひとりで自由行動させるはずがないだろう」

「あ……」

言われてみれば確かにその通りだ。フレイランと協力体制にあるといえど、彼女がなにかする可能性はゼロではない。見張り、監視をつけられて当然だった。その可能性に気づかなかった自分を恥じながらレイチェルは、ふと気づいたことがあった。

「もしかして……今日のシフォンケーキも？」

メイドが持ってきてくれたシフォンケーキ。あれもフレイランの指示だったのだろうか。

フレイランはその言葉になにか心当たりがあるように僅かに驚いた様子を見せたが、すぐにいつものような涼し気な顔に戻った。

「なにも食べないのではさすがに倒れかねないからな」

「！　……ありがとうございます。凄く嬉しいです」

それは肯定を意味していた。

あのシフォンケーキはメイドの心配りではなく、彼によるものだと知ってレイチェルは嬉しく思った。

レイチェルがはにかんで答えると、フレイランは彼女をしばらく見ていたがやがて口を開いた。

「例の本は今日中にでも模造品と入れ替える予定だ。【認識阻害】の魔法を施した上でな。専門に回されでもしない限り、本人でも気づかないだろう」

「とても似ていますものね……」

「あの本は二冊の薄い本をまとめた、業者ではなく素人の手で作られたもののようだ。お前も見て分かっただろうが、糊が粗かったり、製本が正しく行われていない。恐らく本を作成したのはロベルト本人だろう」

その糊の粗さや、不器用にカットされた紙の大きさまで、一目見ただけでは違いが分からないほど正確な模造品を用意したフレイランの凄さに再度レイチェルは圧倒された。それをたった一晩で用意したことにも驚きだ。

「本には、前半は投薬の経過報告。後半は薬に関する裏金の動きが詳らかに記されている。俺は、彼らが人体実験をしている……と言ったが、それはどこぞでひっそり行っているものではないな」

「………」

それはレイチェルも感じていることだった。なにせ、実験の結果、【魔力虚脱症】が発生したのだ。ひっそり行われている、というよりも対象者を不特定多数にしていると考えるべきだろう。レイチェルの思考に、フレイランが回答を落とした。

「あいつらは、王宮に所属する薬師に開発途中の薬を流させていた。……その薬は王都に流され、流通ルートによっては辺境まで行く」

「！」

「結果、その薬を口にした人間は大なり小なり影響を受ける。酷い時は、俺の母のように色素が薄くなり、最終的には焼け死ぬ」

「……。アロイド殿下は、どうして」

「そこまでは分からない。さすがに理由や目的まではこの本に書かれていないしな。だが、予想はつく」

フレイランの投げやりとも言える、冷たい口調にレイチェルはびくりと肩を震わせた。

彼は酷く冷たい、凍ったような瞳をしていた。窓の外に視線を向けて、どこか遠くを見ているようにも見えた。

「この開発は、国庫が財政難に陥ったのを理由に始められた。つまり、金になると踏んでいる」

「……？　【魔力虚脱症】はリージュ国のみ広がる病ですよね……？　他国でも多少見られますけど、ここほどでは……」

レイチェルが首を傾げる。フレイランは窓の向こうから視線をレイチェルへと戻した。さらりとした彼の金髪が肩から流れ落ちる。

「売るのは薬じゃない。……女だ」

「え……」

「世の中に疎いお前でも分かるだろう。美人は金になる」

「な……！」

思わず、レイチェルは絶句した。言葉が出なかった。そんな酷いことが現実に起きているとは、思いたくなかった。言葉を失うレイチェルに、フレイランは淡々と感情を見せない声で続けた。

「色素の薄い、つまり肌の白い女は高値で売られる傾向がある。恐らくアロイドたちはそこに目をつけたんだろうな」

「酷い……。酷いわ。元はと言えば、彼らの無計画な行動が国庫の財政難を生み出したのに……！」

それなのに、彼らはそのツケを国民に、本来は王族が守るべき民に払わせようとしている。いや——既に影響が出ていることを考えると、もう支払いは進んでいる、というべきか。目眩がするような卑劣さにレイチェルが唇を噛む。フレイランはそんなレイチェルを見ると、ゆっくりと頷いた。

「俺も、お前と同意見だ。そして、裏金工作の流れを知りながら見逃し、アロイドの起こした婚約者の不審死も圧力をかけ、口を封じさせた父もまた、このことを知っているだろうな」

「！　国王陛下も……？」

レイチェルは喉がからからになるのを感じていた。レイチェルは勉強を始め、国の歴史を知り、そして経済学まで学び、その知識を国のために使えたらと思っていた。だけど、実際はこの有様だ。これではなんのために学んだのか——、いや、これからどうすればいいかすら分からない。国王が、国民を利用した人体実験を許容していた、などと。レイチェルは目の前が真っ暗になった。そんな彼女にフレイランはやはり淡々と言葉を紡ぐ。

「俺は同じ王族として、国王と、そしてアロイドを摘発する。王族の位には興味がなかったが、このままでいていいはずがない」

「フェイ……」

それはきっと、フレイランにしか出来ないことだった。王族や貴族の不正を正す第三者組織として国務国事会はあるが、その実態は王族の息がかかった傀儡と化していた。王族の不正を告発し、表立って問責するのであれば、それは同じ王族、それも位が高い人間にしか不可能だ。

戸惑うようなレイチェルの様子に、フレイランはきっぱりと言った。

「正しい在り方、などというのは存在しないのだろうが——庇護すべきであり、かつ王族が治める土地に住まう国民を贄にするやり方はどうにも気に食わない。父にはそれとなく諫言してきたつもりだが、あの人は俺とまともに取り合う気がない。であれば、彼らには表舞台から去ってもらう他ない」

「…………」

フレイランの言葉は過激だが、しかしそれだけに彼の本心がよく見えている気がした。

（フェイは……国民のことを考えてくれる人）

今の国王とも、王太子とも違い国民が犠牲を払わされることに疑問を持ち、それ自体を批判する人。レイチェルはそのことにものすごく安心感を覚えてしまった。まともな王族がいることに安心したのかもしれないし、今まで協力体制をとっていたフレイランに失望しなくてよかったと思ったからかもしれない。

（フェイは……立派な人だわ。もしこの人が国王になればこの国はもっと栄えるだろうし、今のような圧政が敷かれることもない）

レイチェルはフレイランが王冠を戴く未来を思い、眩しげに目を細めた。その時自分は、一体どこにいるのだろう。

アロイドの婚約者であることを考えれば牢獄か、土の中か。

レイチェルはふと、そんなことを考えた。

その時、フレイランがレイチェルに声をかけた。

「明日、お前の妹とルミネッドの長男の顔合わせがあるはずだ」

「！」

「お前は思った以上の成果を上げた。俺の予想よりもよほどな。……だから、少し休んだ方がいい。ここ最近、満足に休んでないだろう。それに昨日も今日もまともに寝ていないはずだ」

フレイランの言葉にレイチェルはハッとする。言われてみれば確かに、彼女は昨日今日とあまり眠れていなかった。

だけどレイチェルはこの二ヶ月間、人間として必要最低限の睡眠時間しか得られていなかったし、時には極限と言える状況下で教育を受けてきた。睡眠不足には慣れている、と言えば慣れている。

レイチェルが困惑するようにフレイランを見ていると彼はため息をついて、どうしてか自身の金髪を結ぶリボンに手をかけた。

「フェイ?」

「お前は、妹のことを気にする割には自分のことには疎いんだな」

「え……?」

「顔色が悪い。それに目の下にくまもある。自身の体調管理も必要なことだと思うが？　このままではお前、いずれ倒れるぞ」

フレイランに指摘されて、レイチェルは思わず自分の頬に触れる。手元に鏡がないので確認出来ないが、彼に言われるということはそうなのだろう。男性に顔色を指摘されるのは気恥ずかしく、そしてフレイランの言うことはもっともだったのでレイチェルは少し反省した。

(体調管理も必要……。そうね、このまま倒れでもしたらフェイにも迷惑をかけてしまうし)

レイチェルがそう考えたところで、フレイランは唐突に「レイチェル、後ろを向け」と言った。

「……?」

レイチェルは僅かに戸惑ったが、フレイランが意味のないことを言うとも思えず素直に従った。フレイランはそんなレイチェルを見てどうしてかまたため息をついたが、そのままなにも言うことはなかった。

「フェイ……? あの、どうされたんですか?」

「髪に、触れるぞ」

「え……?」

レイチェルが驚いたのも束の間。フレイランの指先がゆっくりとレイチェルの銀髪をすくその優しい手つきにレイチェルは息を飲んだ。こんなふうに他人に触れられるのは、フェリシーを除けば初めてだった。他人が、髪に触れるなんてこと今までありえなかったのだ。

【死者の髪】である彼女の銀髪に触れようとする者はもちろん、接することすらみな嫌がった。

だけど今、フレイランは彼女の髪に触れていた。それも、優しく、気遣いを感じる手つきで。

（なにを……？）

なにをしているのだろうか。レイチェルが落ち着かなくなった頃、フレイランが言った。

「……ああ、やっぱりな」

「？　フェイ、一体なにを――？」

「もう終わった。こっちを向いていい」

「？」

レイチェルは振り返ったが、なにが変わっているということもない。彼が触れていたのは髪だった、と思い当たったレイチェルは髪に触れようとして、フレイランに止められた。

「待て、手鏡ならある」

フレイランは執務机に収納されたデスクワゴンの引き出しから宝石細工の美しい手鏡をレイチェルに渡した。

「ありがとう、ございます」

レイチェルはフレイランの意図が分からずドキドキするのを抑えられず、手鏡を受け取った。

そして手鏡で自身を確認する。

（顔色は……確かに少し、悪い、ような？）

言われたら気がつく程度だが、普段とそんなに変わらないように見えるのはレイチェルの観察眼が足りないのだろうか。レイチェルはそんなことを思いながら手鏡を持つ手首を返して、後方を確認する。そして息を飲む。

「あの、このリボンは……」

「ああ。元々俺が持っていたんだが、この髪に紅のリボンは相性が悪い。どちらも色が強いからな。俺よりもお前のような儚い色の方が、それは映える」

「………」

レイチェルは今まで装飾品の類を身につけたことがない。公爵家がレイチェルに不必要だと用意しなかったのも大きな理由だが、それ以外に、彼女自身が不必要だと思っていた。

（【死者の髪】を持つ私が装うなんて、いけないことだって……）

そう思っていた。誰に咎められたわけでもない。ただ、レイチェルは自分が着飾ることはよくないことだと無意識に思い込んでいた。だから、フレイランにつけてもらったこのリボンでさえ、初めてのことだ。驚きに息を飲むレイチェルに、フレイランが僅かに眉を寄せた。

「気に食わなかったか？」

「！　いえ……。あの、ありがとうございます。とても……嬉しいです。お恥ずかしながら、こういったものを身につけたことがなくて……。嬉しくて、言葉が見つかりませんでした」

レイチェルは手鏡を持ったまま頬を赤く染めた。

実は幼い頃、ひっそりと思っていたのだ。彼女もフェリシーのように髪を複雑に結ったり、飾ったり、おしゃれをしてみたい、と。

しかし彼女の家庭環境でそれは叶わぬ望みだと知っていたので決して口にはしなかった。ただ、部屋を訪れる度に違うドレスと、そして様々な髪型や細工品を身につける妹を眩しい思いで見ていたのだ。

叶わなかったものが、叶った。それは想像以上に胸を満たした。

フレイランはレイチェルの反応を見るとふ、と小さく笑った。

「よく似合っている。……きみがなぜ装飾品の類を身につけないのか、言われずとも理由は予想出来る。だが、もったいないな。こんなに綺麗な髪なのに、ただ遊ばせておくだけ、というのも」

「！　私の髪が、きれい……？」

驚きに今度こそレイチェルは息を飲んだ。手鏡を握りながらフレイランを見ると、彼は特別なことを言った自覚はないようでレイチェルを見ると僅かに首を傾げて見せた。彼の眩い金髪が、まるで流星のように肩から流れた。

「綺麗だろう。よく手入れをされている。それに……この色は新雪のそれに近い。俺は冬が好きなんだ。まだ誰にも染められていない淡い雪のようで、触れたくなる」

「――――」

それは口説き文句にも、聞こえて。

レイチェルは思わず言葉を失った。頬がじわじわと熱を持っていく。

（いけない。この感情は、自覚しては。気が付いたら、いけないもの）

レイチェルは、アロイドの婚約者だ。気を引きしめなければならない。

「ありがとうございます。髪を褒められたのは初めてなので、驚きました」

フレイランはレイチェルの頬が紅潮していることに気づかないはずがないのに、それに触れることなくレイチェルの髪を見た。

レイチェルはフレイランがなにを考えているのか分からないが、レイチェルを気遣ってくれたのだろうか。そうだとしたらその気遣いが恥ずかしくて、ありがたい。レイチェルは出来るだけ平静を装った。

「色素の薄い女の価値は高い……と俺はそう話したな」

「え、ええ。聞きました」

話題の移り変わりに目を白黒させながらレイチェルは頷いた。

「この国では【死者の髪】などと言って恐れられているが、他国では銀髪は月の象徴、美人の証だと言われている国もある。妙な病気など流行らせたせいでこの国でだけ、銀髪は差別の対象となった」

「………」

レイチェルが息を飲んで黙っていると、フレイランの指先がするりと彼女の髪に絡んだ。そのまま髪を指先ですいた彼は、夜空のような深い色の瞳でレイチェルの髪を見つめた。

「フェ……フェイ?」

なんだか落ち着かなくてレイチェルが呼びかける。その時には、もう彼の瞳からは先ほどの様子は見られなかった。

「あまり、気にする必要はない。アロイドが広めた悪意だ」

「………」

フレイランはそう言ってレイチェルの髪を離した。髪には神経など通っていないはずなのに妙にドキドキして……落ち着かない。

(もしかして、慰めてくれているのかしら……)

言い方も顔色も普段と変わらないが、その声にはレイチェルを慮る色があった。それに気づいて、レイチェルは胸が苦しくなるのを感じた。ここまできて、もう気づかないふりは出来なかった。ずっと見て見ぬふりをして、押し込めていた感情。これはきっと。

「……ありがとうございます。フェイ、このリボン、大切にしますね」

レイチェルは笑いながら髪に手を触れた。今まで憎まれて、恐れられて、厭まれた髪。この髪が原因で両親からも詰られ、部屋に軟禁される理由となった。誰もがレイチェルの髪を否定する中、フレイランだけが彼女の髪を美しいと、そう言った。きっと、彼にとってはなんでもない一言。だけどレイチェルにはそれが、涙が出るほど嬉しかった。

（私は……フェイが好き、なんだわ）

気がついたと同時に、この想いは消し去らなくてはならないと強く思う。

この感情は誰にも知られてはいけない。

レイチェルはアロイドの婚約者だ。暗示のようにレイチェルは繰り返す。

今回の新薬開発にレーナルトが絡んでいないとも言いきれない。もし、公爵家が関わっているようなら処罰対象にはレイチェルも含まれるだろう。そうなればもう、フレイランとこうして話すことも出来なくなるかもしれない。

（……その時はフェリシーにだけは、咎がいかないようにしなくては）

幸いまだ時間はある。レイチェルは強くそう思うと、芽生えたばかりの感情を無理やり、潰すようにして目を背けた。

# 第七章　賛否両論

その日、公爵邸に戻ったレイチェルはフェリシーと久しぶりに談笑に花を咲かせた。

特にここしばらくレイチェルは自由な時間というものを作れなかったので、姉妹でゆっくりするのは本当に久しぶりだった。

イチゴジャムが載せられたステンドグラスクッキーを手に取りながらフェリシーは興味津々といった様子でレイチェルに尋ねてきた。

人払いをしたサロンには姉妹以外誰もいない。

「最近、フレイラン殿下と親しいって聞いたわ。お姉様、どうなの？」

「フェリシーが楽しめる話はないわよ？　少し、殿下のお手伝いをしているだけ」

「本当に？　……あのね。お姉様、ここだけの話よ？」

誰もいないのに、フェリシーは口の前に手を立てて声を潜めた。その様子にレイチェルは微笑ましくなったが、その可愛らしい妹の口から出てきた言葉は、彼女を動揺させる威力があった。

「フレイラン殿下って、アロイド殿下よりも人気があるの！　もう、圧倒的よ」

「……え」

「アロイド殿下って……ほら、なんというか。女性の扱いにあまり長けていない方でしょう？　乱暴だし、女性をモノ扱いするし……あまり評判がよくないの。でも、フレイラン殿下は冷たいけど落ち着いてるし、紳士らしく接してくださるわ。熱を上げる淑女も多いみたい」

フェリシーはこそっと言うと、そのあとに家名を上げ始めた。どうやら、フレイランに熱を上げている家の娘らしい。レイチェルの耳にはそれらが聞こえているはずなのに、どれも右から左に流れてしまい、なにひとつ聞き取ることが出来なかった。

レイチェルが黙っていると、フェリシーも少しうっとりした様子で手を口元に当てて見せた。

「確かにフレイラン殿下って、素敵だもの。それに女性の噂が全くないのよ！　信じられる？　……お姉様？」

そこでようやくレイチェルの様子がおかしいことに気がついたフェリシーがレイチェルを見る。それにレイチェルはハッとして、手に持ったままの紅茶を口に流し込んだ。やや乱暴な仕草だったが、フェリシーを誤魔化すには十分だったようで、フェリシーはくすくす笑いながら言った。

「まあ、お姉様ったら喉が渇いていたの？　ごめんなさい。私ばかり話してしまったわ。お姉様と久しぶりにお話出来たの、嬉しくて」

「私も同じ気持ちよ。こちらこそごめんなさい、最近全くあなたと話せてなかったわ」

「ううん。お姉様のせいじゃないわ。謝らないで。お姉様が頑張ってること、知ってるもの。

それに……私、嬉しいの」

　フェリシーは頬を赤く染めてレイチェルを見た。

「お姉様とこうしてサロンでお話出来て、一緒にクッキーを食べて。紅茶も飲んで……。すごく、すごく幸せよ。こんなこと、絶対叶わないって思ってたから……。私の夢だったの。だから、ね？　お姉様。私の夢を叶えてくれてありがとう」

　フェリシーははにかみながら、少し恥ずかしそうに笑った。そんな彼女にレイチェルもまた嬉しくなる。

「フェリシー。ルミネッドの方とお会いするのは今日だけど……どう？　やっぱり、緊張してる？」

　レイチェルの言葉にフェリシーは少し考え込んだようだった。レイチェルは注意深くフェリシーの様子を見る。

　フェリシーはややあってから、頬をぷっくりと膨らませた。可愛らしい動作にレイチェルは目をぱちぱちとさせる。

「フェリシー？」

「あのね。お姉様。私、実は彼と面識があるの。……パーティーでね、会ったことがあるのよ」

「そうなの？」

「ええ。でも、少しだけ話した程度。だけどね、彼ったら失礼なのよ、私じゃ幼すぎるって声をかけてきたくせに言ったの。失礼にもほどがあるわ！」

　フェリシーはカップの取っ手をぎゅっと握って言った。そして、ほんの少しだけ悪戯（いたずら）っぽい瞳でレイチェルを見る。

「幼いから無理、って切り捨てた相手が婚約相手なんて、彼はどう思うかしら？」

「……フェリシーはその人のこと、嫌いじゃないのね？」

　レイチェルはフェリシーの様子から本気で嫌ってる様子ではないようだと感じた。むしろ、少し気になっている？　レイチェルの言葉にフェリシーは難しそうな顔をする。口をへの字に曲げていて、彼女は本当に分かりやすい。そんな可愛らしい反応をする妹を見て、またレイチェルは口元に笑みを浮かべた。

「ほら、フェリシー。食べて？　……そんな顔をしていたらせっかくの可愛い顔が台無しだもの」

「……お姉様、私のこと子供扱いしていない？　私、もう十五歳なのよ」

「してないわ。でも、このクッキー、本当に美味しいもの。バターの香りが最高ね。だからあなたにも食べてほしくて」

　不満げな顔のフェリシーにつまみ上げたステンドグラスクッキーを差し出す。フェリシーはそれでも納得のいかなそうな顔をしていたが、やがてため息をついてそのクッキーをぱくりとくわえた。その様子を見てレイチェルは胸に温かい気持ちが広がる。

（フェリシーはきっと、もう大丈夫。まだ完全に大丈夫、とは言いきれないけど……）

フェリシーの処刑を決めた王太子がいる以上、絶対とは言いきれない。だけど王太子の婚約者から外れた以上、フェリシーが処刑台に上る可能性はぐっと低くなった。フェリシーの婚約相手についてはまだ注意が必要だけど。でも、今はこの幸せを甘受したい。レイチェルはそう思いながら、フェリシーとのティータイムを楽しんだ。

＊＊＊

その日、夜会があると告げられたのはフェリシーと婚約相手の顔合わせが済んだ直後だった。

毎日のように王城に向かっているためか、勝手な行動をした罰と爪を剥がされそうになった時のようなことはなかった。しかし公爵と夫人はレイチェルのことがどうしても気に入らないようで無視されることは当たり前で、必要がなければ話しかけられることもなかった。

レイチェルとフェリシーが突然公爵の執務室に呼ばれたのは、ルミネッドの長男が帰ってすぐあと。

公爵はレイチェルのことを見ようともせずに淡々と告げた。

「今夜、王宮での夜会がある。レーナルトもその夜会には参加する義務がある」

「今夜……？　あまりにも急すぎます！　今夜なんて」

　フェリシーは困惑したように声を出す。公爵はフェリシーの方に手を出して、彼女を黙らせた。

「フェリシー、お前のドレスは用意してある。靴もな。ただ、レイチェル。お前は自分でなんとかしなさい」

「酷い！　お父様……！　お姉様はアロイド殿下の婚約者なのよ!?」

「そのアロイド殿下だが、最近別の女に熱を上げているというのはお前も知ってるだろう、フェリシー。この娘がどういう格好をしようが気にするまいよ」

「そんなことっ……!!」

　フェリシーが更に言い募ろうとするのを、レイチェルは彼女の手にそっと触れて止めさせる。

　フェリシーはレイチェルの顔を見ると、なおも言いたげな顔をしていたが、レイチェルが首を振って応えると渋々口を閉ざした。

　公爵はそんな姉妹の様子に苛立たしげな顔をしていたが、すぐに気を取り直したように言う。

「フェリシー。お前にはパーントチュの店の新作を用意させている。さぞかし、会場ではお前の姿が目立つだろうな」

「……………」

「話は終わりだ。下がりなさい。夕刻には馬車を出す」

　公爵は手を振ってさっさと出て行けと示唆する。レイチェルは頭を下げて部屋を出ると、フェリシーもそれに続く。部屋の扉が完全に閉まってから、フェリシーは苦しげな声でぽつりと呟いた。

「……私、今夜の夜会には行かないわ」

「だめよ。フェリシー」

レイチェルは驚いて妹の顔を見る。フェリシーは顔を俯かせて、苦しそうな顔をしていた。

「ってでもお姉様！　あんなの、酷いわ。あんまりよ。まるで当てつけみたいに……！　あの人たちは見栄っ張りで、世間体を気にするわ。だから髪の色が違うってだけでお姉様を爪弾きにする……！　私、あの人たちが嫌いよ……！」

話しているうちに感情が高ぶったのか、フェリシーは涙をぽろぽろと零してレイチェルの腕を掴んだ。ここで泣いては、公爵に聞かれかねない。レイチェルはフェリシーの手を優しく引くと、そのまま廊下をあとにした。

レイチェルの自室まで来ると、フェリシーはぐすぐすと嗚咽を零していた。

「ほら、擦っちゃだめ。跡になっちゃう」

「夜会に……行かないから、いいの」

「だめよ」

「どうして⁉　お姉様は、嫌にならないの？　どうして怒らないの！　お姉様が怒らないから……私は、私は……！　すっごく悲しいの！」

フェリシーはまたそう言って、わっと泣いた。レイチェルがハンカチで拭いても拭いてもとめどなく涙が零れる。追いつきそうになくてレイチェルは苦笑した。そして彼女の背中を優しく撫でて、呼吸の助けをしながらフェリシーに語った。

「ありがとう、フェリシー。私はね、フェリシーがそうやって怒ってくれるから十分なの」

「っ……お姉様は、優しすぎるわ！」

「そんなことない。私はいつだって自分が可愛いだけよ」

（今だってきっと、フェリシーを幸せにしたいと思うのは……過去の後悔から。もしまた、フェリシーを死なせるようなことがあれば、私はすごく後悔して、傷つく。それが怖いから、動いてるだけ）

酷く利己的で自分勝手な理由だ。フェリシーのように姉のためにここまで泣いて、怒ってくれる人の方がよほど優しい。レイチェルはそんな妹の姿に胸が温かくなる。フェリシーは大切な妹だ。わんわんと泣く彼女を宥めながら、レイチェルは強く思う。

（神様、どうか……こんなに優しい娘が裁かれるような未来など、来ませんように）

神に頼んでも意味がないのは既に分かっている。だけど、どうしても願ってしまった。レイチェルに出来ることはやるが、それでもフェリシーが悲しむ未来が来ないように。レイチェルはフェリシーの華奢な背を撫でてそう願った。

夜会に着ていくドレスは、レイチェルの手持ちのドレスの中で王宮にも着ていけそうなものから選んだ。

ここ最近レイチェルが王城によく行っていたことが幸いして、夜会に着ていっても問題なさそうなドレスが何着かあって助かった。

フェリシーは自分のドレスを貸すと言って聞かなかったが正式な会に参加するにはフェリシーのドレスは可愛すぎる。可愛らしい顔立ちのフェリシーにはよく似合うが、大人しいレイチェルには浮いてしまうのだ。

城門前まで行って手紙を届けた時は、周りは知らない人だしドレスが合ってなくても、他人にどう見られてもかまわないと思っていた。それに、あの時はドレスどころではなかった。

レイチェルはため息をついて、夜会に向かうには少し寂しいデザインの白と黒のドレスを手に取る。デコルテがはっきりと出ているデザインだが、白と黒の二色しか使われていないドレスはかなり大人しい印象を受ける。

夜会ではもっと華やかなデザインのドレスを着ている令嬢が多いことだろう。その中でこのドレスはかなり地味だ。

だけど、レイチェルは髪色のせいで否応なく目立つだろうし、元々派手なドレスを着る気もなかった。だから、ちょうどいい。

レイチェルはそのドレスを身につけて、そして髪はフレイランからもらった濃い紅色のリボンで結び、公爵家の馬車に乗り込んだ。

＊＊＊

初めて参加した夜会は煌びやかで、どこもかしこもきらきらしていて夜会慣れしていないレイチェルには目が痛い。

慣れた様子のフェリシーに先導されてホールの端までようやく避難してきたが、やはり、というべきか。みながレイチェルの髪に注目していた。視線は様々だが、多いのはあからさまな侮蔑、恐怖、嫌悪の類だった。ちくちくと刺さる視線に、覚悟していたレイチェルではあったがそれでも自然と視線は下に向いてしまう。

フェリシーも同様に視線が気になるのか、居心地が悪そうにしていた。

「フェリシー、今日ルミネッド伯はいらしてるのかしら」

レイチェルがフェリシーに尋ねると、フェリシーはハッとしたようにレイチェルを見た。

「え？　ええ……多分」

「じゃあ、ご挨拶してきたらいいわ。婚約者なのでしょう？」

「でも」

「私のことはいいから。あなたも知り合いに挨拶したりしなければならないでしょ？　大丈夫。少し煌びやかさに目眩がしてきたところなの。むしろひとりの方が休憩出来てちょうどいいのよ」

レイチェルが更に言葉を重ねるが、それでもフェリシーは渋る様子を見せていた。

「お姉様、この状況でひとりになる意味を分かっているの……⁉　私が離れたら、お姉様はひとり。初めての夜会なのだし、私が離れるのは危ないわ。だめ。それに、彼には今日会ったばかりだし、挨拶ならまた今度すればいいもの」

「今日会ったから夜会では挨拶をしなくていい、なんていうわけでもないでしょう？　フェリシー、本当に私は大丈夫だから」

「…………。う～～……」

フェリシーはかなり難しい顔をしていた。そして彼女らしくない唸るような声を出してから、やがて諦めたように頷いた。レイチェルが引く様子はないと気づいたのだろう。

「……分かったわ。でも、すぐに戻るから、ホールにいてね⁉　あ、気分が悪くなったならバルコニーに出ていてもかまわないわ。でも、休憩室はだめ。絶対よ！」

「分かったわ」

フェリシーの忠告を聞いて頷いたレイチェルは、彼女がそのまま人の間を縫って歩いていく様子を眺めた。変わらずレイチェルに刺さる視線は厳しいものが多かったが、出来るだけ気にしないようにする。それに、以前ほどレイチェルは自分の髪に劣等感を抱いていなかった。

（それは……）

——綺麗だろう。よく手入れをされている。それに……この色は新雪のそれに近い。俺は冬が好きなんだ。まだ誰にも染められていない淡い雪のようで、触れたくなる。

彼の言葉をふと思い出して、レイチェルは思わず頭を抱えたくなった。彼への想いは消さなければならないと分かっているのに、思い出してしまう。だけど、フレイランのあの言葉で。

彼がレイチェルの髪を綺麗だと言ってくれたから、彼女は自分の髪を少し、好きになれた。

レイチェルが大人しく壁に身を寄せていると、ふとホールが騒がしくなる。

（？　なにかしら……）

レイチェルがそちらに視線を向けるが、華々しいドレスに遮られてなにがあるのかまでは見ることが出来なかった。ただ、黄色い悲鳴がちらほらとレイチェルまで届いてきて、その声が少しだけ聞こえてくる。

「今日フレイラン殿下が出席されるなんて聞いてなかったわ」

「いつも夜会はあまり参加されないのに、珍しい！」

「婚約者選びをしてるって本当かしら？」

「いつ見ても素敵ね。ダンスのお相手をしてくださらないかしら……」

うっとりとした令嬢の声が聞こえてきて、レイチェルはフレイランがホールにいることを知った。

（フェイも参加していたのね）

だが、考えてみれば王城での夜会だ。王族であるフレイランも参加義務があるのだろう。レイチェルは華々しいドレスが重なる方を見ていたが、やがてその合間から見知った金髪と黒の王族服がちらりと見えて息を飲む。

フレイランの姿は、すぐに多数のドレスに遮られ見えなくなってしまった。

「…………」

(フェイが第二王子で、そして人気のある人なのは知っていたわ)

王太子ではないけれどそれでもふたりいる王子のうちのひとりで、いずれは公爵位を戴くことが約束されている。第二妃の子と言えど国王の血を引いていることには変わらず、国内でも高貴な血筋の人間。分かってはいたのに、ここ最近あまりにも気軽に話せていたからか。距離感を見誤ってしまっていたのだろうか。

(これが本来の、私とフェイの距離感、なのに……)

レイチェルには届かない場所。フレイランに認識されることもなく、レイチェルだけが遠くから彼を見ている。それが本来の正しい距離感だ。

それを寂しい……と思ってしまうのは、きっと近づきすぎたから。レイチェルは自身の心を戒めるようにぎゅっと胸元で手を握る。

(弁えなきゃ……。寂しい、なんて思ってはいけない)

レイチェルが強くそう思った時、いつの間に近づいていたのかここしばらく聞いていなかった声を聞いた。

「レイチェル、お前も来ていたのか」

「！」

驚いて振り向くとそこには変わらず豪奢な装いに、同じく眩いばかりの金髪のアロイドがいた。

（アロイド殿下……！）

前々からフェリシーのこともありよく思っていなかったが、例の件を経てレイチェルのアロイドへの好感度はゼロを超えてマイナスへと突入していた。軽蔑の瞳をなんとか隠して、レイチェルは淑女の礼を取った。

「ご無沙汰しています」

「まだフレイランを追いかけているのか？　諦めろ。あれにはお前の手は届かない」

「まあ、嫌だわ。アロイドったら。そんなことを言ったらこの娘がかわいそう。分不相応に身を焦がしているかもしれないのに、ねぇ？」

アロイドの隣には見慣れない女性がいた。彼女が、公爵の言っていた【アロイドが熱を上げている娘】なのだろうか。ここしばらく勉強と調査ばかりで社交界の噂には疎くなっていたレイチェルには、その女性が誰か分からない。レイチェルがその女性とアロイドへ視線を移していると、アロイドがふといやらしい笑みを浮かべた。そういう顔をすると、高貴とも言える顔立ちが台無しだった。

「彼女はメルーナ。俺の愛しい人だ。立場上、彼女には第二妃となってもらう予定だが、俺の愛は彼女にのみあることを、知っておくんだな」

（第二妃……！）

ふと、脳裏で閃くものがあった。時が巻き戻る前、フェリシーは第二妃暗殺の疑いで処刑台へと連れていかれることになった。レイチェルは思わずメルーナ、と紹介された娘を見てしまう。強気な美人、という言葉がよく似合う娘だった。黒い巻き髪に、赤い爪。つり目がちな瞳は大きく、蠱惑的な雰囲気のある娘だった。レイチェルとは真反対だ。

「あなたはとっても優秀だと聞きましたわ。私、淑女として必要とされている程度のことしか分かりませんの。政治や学問には疎くって」

「女はそれくらいでいい。変に賢しいというのも鼻につくものだ」

メルーナとアロイドはレイチェルをこき下ろしに来たらしい。目の前で繰り広げられる惚気にも似た口撃にレイチェルは戸惑った。

「だから、王太子妃の公務は全てあなたにお任せしますわ。だってレイチェル様はとっても頭がよろしいんでしょう？　そこらの紳士よりもずっと」

くすくすと、褒めているとは思えない嘲笑をメルーナが浮かべる。

「……………」

反論したい気はあるが、ここで口を開くのは悪手だ。なにより、ふたりはレイチェルの粗探しをしている。なにか言えばそれを逆手にとって揚げ足取りしてくるのは目に見えている。

（それに……私は、勉強をすることが恥ずべきことだとは思わない）

だから、ふたりになにを言われても気にならなかった。

「ま、やだわ私ったら。【死者の髪】の人間とこんなに話したら病気が移ってしまうかも！　恐ろしい。ねえ、アロイド。もう行きましょう？　私怖いわ……」

そのうち、メルーナが勝ち誇った顔でアロイドの腕に絡まるように身を寄せた。見せつけるように勝気な顔でレイチェルを見るが、レイチェルはそれよりもようやくふたりがこの場を去りそうな気配にほっとした。

「ああ、そうだな。恐ろしい髪を持つ女がこうも堂々とホールにいるとは。この国は呪われるんじゃないか？」

にやにやと嫌な笑いをするアロイドもそれに続く。いつもだったら、きっとふたりの言葉に傷ついていただろう。真実がどうあれ、レイチェルの髪は疎まれてきた。十七年間忌み嫌われた髪が、コンプレックスでないはずがない。

（だけど、今は）

あの言葉があるから。レイチェルの髪を綺麗だと言ってくれた人がいるから。気にならなかった。レイチェルが黙っていると、反応を見せない彼女をつまらなく思ったのかアロイドとメルーナは最後にレイチェルに嫌みをぶつけてからホールの奥へと消えていった。ようやく詰めていた息をつける。

レイチェルは思っていたより自分が緊張していたことを知り、くるりと周囲を見渡した。レイチェルの周りだけ、不自然に空白が目立つ。それは招待客がレイチェルを恐れて近づこうとしないからだ。

(少し……外の空気が、吸いたい)

フェリシーもバルコニーならかまわないと言っていた。レイチェルは再度ちらりとホールに視線を巡らせて、フェリシーが戻ってくる気配がないことを確かめると一番人気がないバルコニーへと足を進めた。

バルコニーに出ると、室内の熱気を吹き飛ばすような涼しい風が通って行った。レイチェルは星空を眺めて気分転換にバルコニーに立ち尽くしていたが、ふと、後ろから足音が聞こえてきた。コツ、コツ、コツという一定の間のある低い音にそれが紳士靴であるとレイチェルはすぐに気がついた。ぱっと彼女が振り返ると、そこには月明かりに照らされた、いつもよりほんの少しだけ色味の薄いクリーム色のような髪の彼がいた。

「フェ……フレイラン殿下!」

レイチェルが思わず彼を呼ぶと、彼は口元に指を立てた。静かに、という意味らしい。フレイランはそのままなにも言わずにレイチェルの隣に立つと、小さく息を吐いて手すりに背をもたれた。

「無意味な会だな、これは」

「……殿下も参加してらっしゃったとは知りませんでした」

「いきなり決めたから、知らなくて当然だ」

あっさり答えたフレイランに、レイチェルは首を傾げた。

（王族は参加義務があると思っていたけど……フェイは参加する予定はなかったのかしら？）

そういえば、フレイランに憧れている令嬢の誰かが『久しぶりにフレイランを見た』というようなことを言っていた気がする。レイチェルが不思議に思っていると、フレイランは夜空を仰ぎながら言った。

「あの場は息苦しい。必要以上の華美と謝辞を求められ、紳士の仮面を被らなければならない。……堅苦しくて、息が詰まる」

ため息交じりに言うからには、きっと彼は心から夜会を苦手としているのだろう。それは自分のペースを崩されるのを嫌がる彼らしかった。レイチェルがくすくすと笑っていると、フレイランはその瞳にレイチェルを映して言った。

「きみといるのは悪くない。そのドレスも、よく似合っている」

「え……？」

言われて、レイチェルは今日自分が随分地味な色合いのドレスを身につけていることを思い出した。デコルテは露わになっているものの、白と黒二色の、大した刺繍も施されていなければ、宝石も縫いつけられていない。夜会に行くには大人しすぎるデザインだ。それを指摘されて、レイチェルは思わず頬に熱を持つ。

　羞恥で黙り込んだレイチェルに、フレイランはゆっくりと彼女のドレスを眺めながら続けた。

「今の流行りはヴィヴィッドカラーらしいが、ああも似たような色が重なるとさすがに目が痛い。きみの色は……優しいな。夜空によく合っている」

「……！」

「きみの髪にも合っているんじゃないか？　……ああ、きみは深い色が似合うんだろうな。深い色と白の対比で重くなりすぎてもいない。趣味がいい」

　フレイランは随分上機嫌のようだった。すらすらと述べられる褒め言葉にレイチェルの頬はどんどん熱を持つ。

（今が夜でよかった……。お昼だったらきっと、頬の赤みにも気づかれてしまっていたわ）

　それでも気づかれてしまってはいけないのでレイチェルが俯いていると、ふと彼の瞳がレイチェルの髪を捉えた。レイチェルは今日、髪をまとめ上げるような形で結んでいる。彼女の絹糸のような銀髪は濃い紅色のリボンで結ばれていて、動いているうちに少し解けてしまったのか、髪の幾本かがうなじに下がっている。

「………」

「？」

　不意にフレイランが黙り込んだのでレイチェルが顔を上げると同時。フレイランの指先が、彼女の零れ落ちた髪をすくい上げていた。彼の少しだけ冷たい指先が僅かに肌に触れて、レイチェルはびくりと体を揺らした。フレイランはそんな彼女をなんの感情も映さない瞳で見ると、すぐに手を離した。

「髪が乱れている。今日は早いところ帰った方がいい」

「え？　あ……ああ。ごめんなさい、お見苦しいものを見せてしまって」

　フレイランが髪に触れたのは、乱れてしまった髪を整えてくれたからなのだと気づき、レイチェルはまた顔を赤く染めた。彼のその手つきになにか、他の意味を求めてしまいそうになって。封じ込めると決めたのに、期待が顔を出してレイチェルはままならない自分に嫌になる。勘違いした恥ずかしさから顔が熱を持つ。

　そんなレイチェルに、フレイランはため息交じりに言った。

「……きみは、男がどういうものか全く分かっていないないな」

「え……？」

「その乱れた髪に男がなにを思うのか。純粋無垢な令嬢には予想がつかないか？」

「……？」

　突然の質問にレイチェルが目を白黒させていると、またフレイランはため息をつく。なんだか失望されたように感じて、レイチェルはとにかく答えを探そうと必死に思考を働かせた。

(男性がどう思うか、よね……？　やっぱりはしたないとか、みっともないとか……)

レイチェルが眉を寄せて懸命に考え込んでいると不意に、彼の指先がそっと伸びてきた。レイチェルの真っ白な首筋に触れると、その指先は意図を持っているかのようにその肌を僅かに撫でた。

「……!!」

思わず驚きに息を飲んだレイチェルはとっさに自分の首筋に手を当てる。その時にはフレイランは指を離していて、咎めるような視線でレイチェルを見ていた。

「……？　フェイ……？」

「女性の乱れた髪、というのは男の劣情を煽るものだ。覚えておくといい。もう、怖い思いはしたくないだろう？」

「怖い思い……？」

レイチェルは疑問に思う。レイチェルは怖い思いなどしたことがない。不思議そうにする彼女にフレイランは困った子供を見るような目をした。なんだかそうすると、本当に自分は出来の悪い生徒のような気分になって、いたたまれない。フレイランはやがて至極当たり前のことを言った。

「無闇に男に触らせるのはよくない……と淑女教育で習わなかったか？」

「あ……！」

「許すなら相手は婚約者か、夫だけだ。もっとも、その教えを守っている礼儀正しい淑女というのがこの社交界にどれほどいるかは分からないが——少なくともきみは貞節を守っているのだろう？」

窘めるような、見定めるようなそんな瞳を向けられてレイチェルはぎこちなく頷いた。それを答えるのは恥ずかしかったが、フレイランに誤解されるのも嫌だった。そして同時に、自身の婚約者を思い出す。彼女の婚約者はアロイドその人だ。レイチェルはアロイドに触れられる時のことを考えて、肌が粟立った。今でさえこんなに嫌なのに、もし結婚などした日にはどうなってしまうのか。

（それに私は……やっぱり、フェイが好き）

触れられても嫌悪感は全くなかった。それどころか胸が痛くなって、苦しくなった。よく分からない感情に翻弄されて、でも知りたくて。この感情を打ち消すことは難しくて、零れるようにレイチェルは告げた。

「私……アロイド殿下には、触れられたく……ありません」

「…………」

「さっき、フェイに触れられて嫌じゃありませんでした。以前、アロイド殿下に触れられた時はとても嫌だったのに……」

ぽろぽろと取り留めのない言葉が零れる。このままでは取り返しのつかないことになってしまう、と分かってはいたが止めることは出来なかった。フレイランはレイチェルの言葉を止めることなく、その続きを待つ。

「フェイは……。私がアロイド殿下の婚約者じゃなかったら、どうしていましたか？」

我ながらずるい質問だと思った。だけど、聞かずにはいられなかった。尋ねておいて答えを知るのは怖くて、思わず目を強く瞑る。静かなバルコニーの中で、ホールの方から賑やかな喧騒だけが僅かに届いてくる。

痛いくらいの静寂が広がる。沈黙が続いて、ようやくレイチェルは我に返った。

（私、なにを聞いてるの？）

こんなことを聞かれてもフレイランが困るだけだ。レイチェルがとっさに誤魔化そうと口を開いた時、フレイランが静かに答えた。

「もしきみがアロイドの婚約者じゃなければ、俺がきみを知ることはなかったかもしれないな」

「……！」

至極真っ当な正論に、胸がつきんと痛くなる。フレイランは政敵であるアロイドの婚約者だから、レイチェルのことを調べた。レイチェルがアロイドの婚約者でなければレイチェルのことを調べることもなく、彼女を知ることもなかっただろう。当然のことだ。

それにもっと言えば、レイチェルはそれまで公爵家に軟禁されていた。アロイドの婚約者でなかったらそもそも邸宅から出ることは叶わず、フレイランとも会うことはなかっただろう。巻き戻る前の時のように。

レイチェルが思わず俯いたところで、フレイランは「だが」と言葉を続ける。

「いずれきみの髪色を理由に、きっと接点は持っていただろう。そして……」

「…………」

「きみに婚約者がいなかったのなら、きっとアロイドより先に俺は、きみに婚約の申し入れをしていた」

「え……？」

その言葉にぱっと顔を上げる。そこには月明かりを浴びていつも以上に圧倒的な――神秘を感じるような整った顔立ちの彼が、レイチェルを見ていた。その瞳はどこか優しく見えたし、なにか伝えているような気もした。

（今、フェイはなんて――？）

レイチェルは呆然と彼の顔を見上げる。今聞いたことが信じられなかった。

（だって、今。フェイは……）

レイチェルの幻聴や都合のいい夢でもなければ。レイチェルに婚約者がいなければ、自分が婚約を申し込んでいたと。彼はそう言ったのではないだろうか。

「――」

じわじわとその言葉を理解したレイチェルの頬に朱が走る。互いになにも言わずに沈黙が落ちる。だけどそれは決して気まずいものではない。

「私は……」

なにを言えばいいのか、なにを言おうとしていたのかは分からない。だけどなにか言わなければと口を開いたレイチェルに、フレイランがいつも通りの落ち着いた声音で言った。

「だが、それにはまずきみの婚約をどうにかすることが先だな」

「え？」

「現時点できみはアロイドの婚約者で、半年後には結婚する。婚約はまだ公的に発表されていないが、猶予はあまりない。後顧の憂いなく婚約解消するにはそれなりの根回しが必要だ」

フレイランの現実的な言葉にレイチェルは目を丸くする。それと同時に、彼が本当にレイチェルのことを考えてくれていることを知る。

「……フェイ、ありがとうございます」

レイチェルが呟くような言葉を落とすと、フレイランはなにか言おうと口を開いたが——そこに、第三者の声が割り込んできた。

「ご歓談中、失礼します、フレイラン殿下。例の件で報告が」

その言葉に、フレイランの瞳が真剣なものに変わった。さっと場の雰囲気が変わり、彼は静かな声で答えた。

「話せ」

誰もいないと思っていたバルコニーの奥から人影が見える。暗闇に溶けてしまいそうな黒髪に、華奢な体躯。童顔の青年にレイチェルは見覚えがあった。

（バドー……！）

もしかして今の会話を全部聞かれていたのだろうか。そう思うとレイチェルは顔から火が出るような思いだった。しかし、バドーはちらりとレイチェルを見たのみで、静かに報告を始めていく。

「例の件。魔術師管連盟の理事長ロベルト・バートリーが八年前に買いつけた別荘で違法な売買を行っていることが判明しました」

「ようやくか」

フレイランは小さく呟くと、レイチェルを見た。バドーの報告を聞いてもレイチェルはなにが起きているのか分からない。ただ、証拠品である本の作成者、ロベルト・バートリーの名前が出たことにレイチェルは、事態が動くことを予感した。

レイチェルはフレイランの部下に、体調が悪いから先に帰るとフェリシーへ伝えてもらうよう頼んだ。彼女に嘘をつくのは心苦しかったが、本当のことは言えない。今回のことは国家を揺るがしかねない大ごとだ。フェリシーを巻き込みたくないとレイチェルは思った。

三人は場所をフレイランの執務室に移すと、バドーはこれまでのことを簡潔に話した。投薬履歴とそれに纏わる金の動きを記した手記は手に入れたが、それではまだ完全とは言いきれない。そこでフレイランは【人間の売り買いを行っている】なら必ずその会場がどこかにあるはずだと睨み、その特定をバドーに任せていた。そして、ロベルトのあとをつけ、見つけたのが、彼の別荘地兼人身売買の会場だった、というわけだ。

「状況証拠はひと通り揃った。あとは現物だが」

フレイランが言いながらとんとん、と机に指先を当てた。そしてしばらく考え込むようにしてから言葉を続ける。

「まだ向こうは俺たちの動きに勘づいていない。証拠を消し去るのはすぐに、というわけにはいかないだろう。王宮薬剤師が城下に流しているという薬。それを押さえる」

「王宮薬剤師の作業場を検めるのですか？」

　レイチェルが彼に尋ねると、フレイランは首を横に振った。

「そんな騒ぎを起こしでもすればアロイドはともかく、ロベルトはその間に逃げるだろう。あれはそれなりに頭がキレる。そんなことをしなくても手っ取り早く手に入る方法がある」

「……？」

「城下で薬を買えばいい」

「！」

「こちらには投薬履歴を記した本がある。薬の名前ももちろん分かっているからな」

　フレイランが口元に笑みを浮かべて答える。ロベルトを、そしてアロイドを着々と追い詰める手筈が整っていき、レイチェルは息を飲む。あと少しで状況はひっくり返るのだ。向こうがどれだけこちらの動きに勘づいているか分からない以上、あまり長引かせるのもまずい。フレイランはバドーに城下での薬の買いつけを命じると、彼は人身売買の会場地を自分の目で確認すると言い、明日には城を出ると話した。

「残念なことに証言というのは、立場が大きく関係してくる。現地の人間の言葉は金や権力でねじ曲げられる可能性が高いからな。公的な権力地位によって証言という切り札の価値が変わってくる」

　フレイランはそう言うと、レイチェルを見た。レイチェルは彼の蒼い瞳に見られて思わずどきりとした。ふと思い出してしまうのは、先ほどのバルコニーでのことだ。そんな場合ではないのにその時の彼の言葉と、雰囲気を思い出してしまった彼女はぎこちなく彼を見つめ返した。

レイチェルの動揺に気がついているのか、フレイランがふ、と小さく笑った。

「人身売買の会場に、さすがにきみは連れていけない。俺が向かうのは状況把握が目的だ。状況が分からない場所にきみを連れていって何事もない、とは言いきれない」

「……はい」

本当はついて行きたかったけど、それが許されないことくらいはレイチェルにも理解出来た。何度も繰り返すが、レイチェルはアロイドの婚約者だ。アロイドではなくフレイランについて王城を出るなど、第三者から見ればそれは駆け落ち、あるいは不貞行為にしか見えないだろう。

(だけど……心配になってしまう)

フレイランが有能で抜かりなく仕事をこなす人間だと、もうレイチェルは知っている。だけどそれでも湧き上がる不安の種を埋めることは出来なくて、眉が下がる。そんな彼女に、フレイランはひとつ息を吐いた。

(困らせてしまった？)

彼を困らせるのは本意ではない。レイチェルは咄嗟に他の言葉を探そうとしたが、その前にフレイランはバドーを呼んだ。

「バドー、お前は王城に残り引き続きあの件を探っておけ」

「……ですが」

やけに言いにくそうな顔でバドーは歯切れ悪く答えた。そしてレイチェルをちらりと見た。

「？」

「…………。分かりました。ご無事でお戻りくださいね」

バドーはなにか言いたそうな顔をしていたがそれを飲み込んでため息交じりに答える。フレイランはそれに涼しい顔で言った。

「誰に言ってるんだ？　話は終わりだ。もう下がっていい」

「は」

バドーは軽く会釈をすると、そのまま部屋を出ていった。レイチェルも続くべきかと思い彼の背中を追おうとしたが、しかしフレイランに呼び止められた。

「レイチェル」

「！　はい……！」

「こちらに来い」

端的なフレイランの言葉にくるりとレイチェルは体を執務机の方に向ける。呼び止められたことは、レイチェルにとってとても嬉しいことだった。まだ一緒にいられる。それが咎められる想いだと分かっても、感情を抑えることは出来なかった。レイチェルはフレイランに見つめられる中、ぎこちない動きで彼の側まで向かった。一挙手一投足を見られているようで、緊張が指先まで伝わってくるかのようだ。彼は背後の窓枠に腰をかけてレイチェルに話しかけた。

「俺は王城をしばらく離れる。別荘地の場所からしても数日、というところだな」

「はい」

「……寂しいか？」

「えっ⁉」

「そう顔に書いてある」

「…………」

フレイランに指摘された感情に、レイチェルは素直に答えられなかった。置いていかれるのは寂しい。だけどそれを口にしていいのか、レイチェルには分からない。

（だって、私が言ってもなにひとついいことはない。そう分かってるもの……）

レイチェルが黙っていると、不意にフレイランが小さく笑い始めた。肩が震えていて、珍しく楽しそうだ。

「ふ、ふふ……。はは、きみは分かりやすいな」

「分、かりやすい……ですか？　私が？」

「ああ。そんなに寂しげな顔をされるとさすがに、俺も城を離れにくくなる」

「ご、ごめんなさい！　そんなつもりじゃ……。その、寂しいのは事実なんですが、そうじゃないんです。置いていかれるのは寂しいけど、私はなにも役に立ててないなって」

言って、また少し落ち込む。レイチェルに出来ることは少ない。そんな自分の無力さが嫌になる。俯いた彼女に、フレイランが呼びかけた。

「レイチェル」

「……？」

ふと、フレイランがレイチェルの指先を取った。突然の接触にレイチェルは驚くほど胸が高鳴った。

「──────」

息を飲むレイチェルに、フレイランは瞳だけを彼女に向けたまま、その白い指先にひとつ、口づけた。そのまま唇が肌を伝い、彼女の手の甲に触れる。

「知っているか？　昔の騎士は、戦争に行く時、妻の手の甲にキスを落としてから向かったらしい。必ず戻る、という願掛けの意味があったらしいな」

「え……」

「俺が向かうのは馬鹿な人間がただ馬鹿騒ぎしているだけの場だが──お前ひとりをこの王城に残していくのはどうも落ち着かない。この城にはろくでもないことを考えるアロイドと、それを擁護する父がいるからな。俺が不在の間は城に来ない方がいい」

「フェイ……」

フレイランは己の無事ではなく、レイチェルの心配をしてくれているのだ。それを知ってレイチェルは胸が苦しくなる。思わず、レイチェルの指先が彼の頬に触れた。滑らかな肌を滑る。

フレイランはレイチェルの手の動きに逆らうことなく、彼女がどう動くのかその夜空のような深い蒼の瞳で見つめていた。

彼の瞳は力強い、とレイチェルは思う。見られている、と強く感じてしまう。レイチェルは彼の白い頬を撫でて、そして瞳の下に並ぶホクロを指の腹で撫でた。彼は切れ長の瞳に整った顔立ちから冷たい印象を受けるのに、どこか色っぽく見えるのはこのホクロのせいなのだろう。

レイチェルは彼の長いまつ毛が瞬くのを見てからハッとしたように手を引いた。

自分が今までなにをしていたのか気がついて顔が熱を持つ。

「あ……私」

「好きにしたらいい……と言いたいところだが、まだこの先はお預けだな。先にするべきことがある」

フレイランもまた、それ以上この触れ合いを続ける気はなかったのか、彼女から顔を離すと窓枠から立ち上がった。

彼に触れたレイチェルの指先は未だに熱を持ったように熱く、じんじんとしていた。

＊＊＊

翌日。王城に向かうことなく朝から邸宅にいたレイチェルは、久しぶりに自由な時間を満喫していた。フェリシーはあいにく予定があるらしく不在で、邸宅にはレイチェルのみ。両親もまたどこかしらに出かけているようだった。

自由な時間というものを与えられても、ここ最近息をつく暇もないくらい忙しかったレイチェルはなにをすればいいか分からない。手持ち無沙汰に彼女が向かったのは机で、読みかけだった本を再開することにした。

そうして二日が経過した頃。

フェリシーとサロンでティータイムを楽しんでいたレイチェルの耳に入ってきたのは、厳しい顔をした王城からの遣いだった。

「レイチェル・レーナルト様ですね？」

王城からの遣いはレイチェルを確認するとすぐに王城へ向かうよう告げた。突然のことにレイチェルは戸惑ったが、それは王太子からの命令らしくレイチェルに拒否権はなかった。不安がるフェリシーを宥めて王城に向かうすがら、レイチェルは嫌な予感に胸が騒いだ。

――この城にはろくでもないことを考えるアロイドと、それを擁護する父がいるからな。俺が不在の間は城に向かわない方がいい。

フレイランはそう言っていたのに、王城に向かうことになってしまった。必要最低限しか話さない遣いの者、恐らく王太子の部下だと思うが――彼に聞いても『王太子が呼んでいる』以外の返答は得られなかった。仕方なくレイチェルは彼の案内で、アロイドの元へと向かう。

そして、案内された場所はホールのようだった。なにか催しを行っていたのか、招待客の姿が見える。突然呼び立てられたレイチェルはデイドレスで、場違い感が否めない。

（アロイド殿下はどうして私をここに……？）

レイチェルが不思議に思っていると、不意に彼女をこの場に呼びつけた男の声がした。

「レイチェル・レーナルト！　今からお前の罪をこの場で明らかにする。お前の忌まわしき罪を白日の元に晒し、神の裁判にかけられるといい！」

「！」

色とりどりのドレスの間から現れたのは、白の王族服に身を包んだアロイドと、その隣に並ぶメルーナだった。よく分からないが、これは予め用意されていた罠だったのだとレイチェルは悟った。アロイドは妙にゆっくりとした足取りでレイチェルの前に立つと、ぐるりとその周囲を見渡して、響くような声で言った。

「ここにいる皆が証人だ！　いいか。この女の性悪な本性を、今ここで明らかにする」

「…………」

「レイチェル・レーナルト。お前はメルーナの暗殺を試みたな？」

「えっ……⁉」

レイチェルは思わぬ言葉に驚きの声を零した。なにを言われるのかと思いきや、メルーナの暗殺疑惑。全く心当たりのないレイチェルは困惑する他ない。動揺してなにも言えないレイチェルに、アロイドは勝利を確信しているのか、さらに不敵な笑いを浮かべて高らかに叫んだ。

「お前は俺の恋人、メルーナに嫉妬し、彼女に毒を盛ろうとしたそうじゃないか。その現場を俺のメイドが見ている！」

「っ……⁉　誤解です！　私はそんなこと……！」

「お前の発言は許していない！」

ぴしゃりとアロイドに言いきられ、レイチェルはびくりと肩を揺らした。レイチェルはメルーナの殺害など考えたことなどない。その必要がないからだ。

嫉妬した、と彼は言うがレイチェルはアロイドに想いを寄せてなどいないので、彼女を殺害する理由がない。戸惑いに瞳を揺らすレイチェルに、アロイドは演じるような素振りで顔を手でおおった。

「ああ、嘆かわしい。俺の婚約者が恋人を殺そうとするなど……なんて罪深いことを」

「っ……」

そんなことはしていない！と叫びたかったが、レイチェルの言葉は封じられている。レイチェルはただ唇を噛んで事実無根の批判を受けなければならなかった。

レイチェルの言葉など一切受け付けない彼らは、さながら台本があるかのごとく話を繰り広げていった。一方的な断罪劇。

（このままだと私は、無実の罪を着せられる……）

アロイドの恋人、メルーナの暗殺未遂。

(暗殺……？)

ふと、思い出すのは自然とあの日の出来事。夕陽の逆光の中、目が染みるほど眩い視界の中で、橙色に染まった、赤い髪。

(たしか、そう。フェリシーも罪状は【第二妃暗殺未遂】だった――)

ざわりと肌が泡立った。

巻き戻る前。フェリシーが処刑された時空軸で、彼女らになにが起こったのか、どんな関係だったのかレイチェルは正しく知らない。だけど、レイチェルの知るフェリシーは人を殺そうなんて思わない娘だ。

おかしいと思っていた。フェリシーが、彼女が誰かを殺そうとするなんて。

(フェリシーが処刑される理由となった、第二妃暗殺未遂。それすらも仕組まれたものだったとしたら……？)

そう、例えば今のように。反論することが許されない状況でただ、覚えのない罪を押しつけられていたのなら。

「やはり、【死者の髪】を持つだけあって普通の人間ではないらしい。こんな恐ろしいことを考えつくのだから。しかも彼女は……」

そこでアロイドは道化のように手を広げて周囲の人間を見た。招待客は面白い余興とばかりに彼女らのやり取りを見守っていた。

「俺の兄、フレイラン・アロ・リージュと通じているとか！」

「⁉」

レイチェルが驚きに息を飲んだのと同時に、ホールに女性の悲鳴がいくつか重なった。アロイドはとてもそうは思っていない表情で続けた。

「俺はとても悲しい。未来を共にすべき女性がこんな酷いことを考えつくなんて。周りを巻き込み、不幸にする女など次期王妃にはとてもじゃないが相応しくないだろう？」

アロイドの声に呼応するように、レイチェルを誹る声が聞こえてくる。

「そうよ。あんな娘、寄越してきたレーナルトがおかしいんだわ」

「王太子の婚約者だからと目を瞑っていたがあの髪、恐ろしくて仕方がない。なぜ普通の顔をしていられる？」

「…………」

周囲の悪意による声は広がり、場は完全にアロイドに支配されていた。アロイドは勝ち誇った顔でレイチェルを見つめた。

「あの頭の固い男をどう落としたのかは知らないが……よほど、お前の体はあいつにとって魅力的のようだ。お前のような女に手を出すなど、フレイランの気が知れないがな！　ははは！」

嘲笑するアロイドに、レイチェルはついに耐えられなくなった。自分のことはいい。なにを言われても、慣れているから。決して傷つかないということはないが、それでも、慣れている。だけど――フレイランのことは違った。レイチェルと関わったばかりに彼まで貶められるのはどうしても、許せない。

衝動のままに、なにも考えることなど出来ず感情が先走る。レイチェルはアロイドをしっかりと見据えて、言った。

「私とフレイラン殿下はそういった関係ではありません！　下世話な誤解はやめてください！　私だけじゃなく、フレイラン殿下にも失礼です！　……っ、撤回してください‼」

レイチェルは、こんな大きな声が自分にも出せるのかと驚いた。彼女が今まで出したことのない大声に、アロイドも驚いたようだ。だけどすぐにその顔を憎々しげに歪ませると、吐き捨てるように怒鳴った。

「黙れ！　お前は俺を誰だと思っている⁉　咎人のくせして図々しい。そうだ、お前のような【死者の髪】の女など、生まれてきたのが間違い――」

「なら、俺の母を殺してもなお厚顔にも生き長らえてるお前は、どうなるんだろうな？」

その時、不意にアロイドとレイチェルの声しか聞こえなかった場に、落ち着いた声が割り込んできた。

「……！」

レイチェルが驚いてそちらを見ると、そこにはバドーと、見慣れない神官服に身を包んだ壮年の男性を後ろに従えた、フレイランがいた。その奥には憲兵の姿も見えた。

つい先ほど戻ったばかりなのか、まだ旅装のままだ。レイチェルは思わず、掠れた声で彼を呼ぶ。

「……どうして」

フレイランはちらりとレイチェルを見たが、しかしなにも言うことなくレイチェルの前に立つと、アロイドを見据えた。アロイドはまさかフレイランが来るとは思わなかったらしく、泡を食ったように焦っていた。

「な、どっ……なぜ、お前が⁉ お前はしばらく城を空けると言っていたはずだ！」

「予定が急遽変更になってな。予想より遥かに短期間で戻ることが出来た。兄想いのお前は、俺の無事の帰還を喜んでくれるのだろう？」

「――――！」

アロイドの顔が怒りのために赤く染まる。それを涼しい顔でいなし、フレイランは彼にかまうことなく言葉を続けた。

「それに、俺に関する話をしていたようだからな。当事者が不在のまま話を進めるのもよくないだろう」

「…………」

「色々と確認事項はあるが……そうだな。まずはお前の勘違いをひとつ、訂正しておこうか」

「勘違い、だと？」

唸るような声でアロイドが言う。場は完全に静まり返っていた。先ほどまでアロイドの肩を持ち、口々にレイチェルを悪しく言っていた人々もフレイランの登場を前にどうしていいか分からないようだった。

「俺とそこの娘はお前の考えるような関係ではない。なんでもかんでも下世話な関係性に繋げるのはお前自身がそうだからなのだろうが、お前がそうだからといって全ての人間がお前と同じ爛れた生活を送っているわけではない」

淡々と事実だけを突きつけるようなフレイランの言葉には痛烈な皮肉が利いていた。その言葉にアロイドは端正な顔立ちが崩れるほど顔を歪めて見せた。

「フレイラン！　貴様、俺を愚弄する気か⁉」

「俺は事実を言っているまでだが？　あいにく俺は、どこかの馬鹿が執務をこなさないために通常の業務量の倍の執務をこなしている。睡眠すら惜しいというのに、女と遊ぶ時間などどう見繕えと？　それとも兄想いの優しいお前が、俺の執務を肩代わりしてくれるのか？　――あ、そういえば俺が手懸けている案件にはお前名義のものがいくつか――それもかなりあるが、なぜなのだろうな」

畳み掛けるようなフレイランの言葉に、アロイドの顔が真っ赤に染まる。大勢の人間の前で、彼が仕事を放棄していたことを周知されるのは、プライドの高いアロイドにはたまったものではなかったのだろう。

「そ、そんなの知らんな！　気のせいじゃないか？　それよりお前。さっき妙なことを言っていたな？　俺が第二妃を殺しただと？　でたらめも休み休み言え！　証拠はあるのか？　まさか、なんの証拠もなく推論のみで言っているわけではあるまい」

「気のせいかどうかはすぐに証明出来ることだが――今は関係ないな。それより」

フレイランはアロイドにそう尋ねられるのを待っていたのか、その言葉を聞くと軽く手を上げる。そうすると、背後に控えていたバドーが一枚の紙を手渡す。

フレイランはその紙を手に取ると、アロイドに突きつけた。

「これが、こちらの手元にある証拠品一覧だ。今頃お前の協力者であるロベルト・バートリーの元にも憲兵と国務国事官が向かっているだろうな。罪状は違法薬物の作成、および国内への流布。国家反逆罪と取れるが？」

「な、な、な――‼」

まさかフレイランがそこまで勘づき、さらに証拠品まで手にしているとは思わなかったのだろう。

（状況が変わり始めている……）

レイチェルは彼らのやり取りを息を飲んで見守った。

フレイランの差し出した紙には、押収した証拠品がリスト化されていた。

突きつけられたアロイドはまさに青天の霹靂（へきれき）というべきか、文字通り言葉を失って口を開けたり閉じたりする。

その時、不意に背後のざわめきが激しくなった。

ハッとしてレイチェルが振り向くと——そこには、この国の王がこちらに向かってくるところだった。堂々たる様子はさすがの貫禄だが、機嫌がよくないのか眉は寄せられていた。レイチェルはここにきて、初めて国王の姿を目にした。

（あの方が、アロイド殿下とフェイの……お父様）

国王は騒ぎの渦中にいるフレイランとアロイド、そして最後にレイチェルを見た。じろりと見られたレイチェルは睨みつけられたわけでもないのに、思わず怯んでしまう。

国王にはそれだけの貫禄があった。

国王はレイチェルの髪色に僅かに眉を寄せたものの、すぐに興味を失ったように向かい合う王子たちへと視線を向けた。

（この人が、フェリシーの処刑を承認した人……）

処刑を提案したのはアロイドで間違いないだろうが、それを承認するのは国王だ。アロイドの不正を握り潰し、彼のためだけにフェリシーを切り捨てた。

「それで？　これは何事だ。アロイド」

「父上、お聞きください！　フレイランがおかしなことを――」

アロイドの言葉を遮ったのは、レイチェルだった。

「国王陛下。ひとつ、お聞かせください」

考えるよりも先に口が動く。割って入られたアロイドはレイチェルのあまりの態度に唖然としていたが、レイチェルはかまわずに国王を見据えて言った。

「あなたは……あなたには、国民を想う気持ちというものがないのですか？」

「……お前は、レーナルトの娘か。発言を許した覚えはない」

「あなたは今まで、アロイド殿下の不正に目を瞑り、時にはその手助けをしてきた。覚えがありますよね」

「………………」

レイチェルは真っ直ぐに国王を見つめ、その視線を逸らすことは許さないとばかりに射止めた。国王は王太子に甘い、だめな父親だ。

だけどレイチェルにとって大事なのは、悪政を敷く愚王ということより、フェリシーの処刑を承認した人間であることだった。

「父上――いや、国王陛下。アロイドはもちろんだが、あなたも同罪だ。アロイドの違法薬物の研究開発を知っていながらあなたは目を逸らし、アロイドの不祥事をなかったことにした。そんなに彼が可愛いか？」

ふ、と嘲笑うような声でフレイランが背後の国王を振り仰ぎ、自身の署名が記された証拠品リストを国王へと渡した。国王は難しい顔でそれを受け取ったが、その紙面に視線を走らせてもなおその顔色が変わることはなかった。

（さすがに手強いな。無能な王には違いないが、それでもさすが、張りぼてを保てただけある、と言うべきか）

フレイランは国王の様子を瞳を細めて眺めていたが、やがて国王の方から切り出した。

「こんなものは、知らぬな。おおかたお前が偽造でもしたのではないか？」

「はは、珍しく動揺してらっしゃる？　私が証拠品偽造などしたのであれば問われるのは王族の品格だというのに」

それに、とフレイランは言葉を続けた。彼の夜の帳のような、夜明け前の星空にも似た瞳がくるりと背後を振り仰ぎ、バドーの隣で黙って場を見守っていた神官服の男に視線を向ける。その男はフレイランの視線を受けると頷いて前に進み出た。

「陛下もご存じでしょう。次期国務国事管理長官と名高い、ユーリ・ランカスター殿ですよ。わざわざお越しくださったのです。悪しき王族を裁くためにね」

「フレイラン……！」

ぎりぎりと歯ぎしりするような唸り声で国王がフレイランを呼びつけた。ここにいるのがフレイランだけなら適当な罪状を押しつけて、謹慎でも投獄でも好きに出来た。しかし、この場に国務国事官、それも次期管理長官と名高いユーリ・ランカスターがいれば話は別だ。

国務国事官は唯一王族の力が及ばない組織。その実態は金でどうとでも動かせるものだが、組織も一枚岩ではない。国王に与する人間もいれば、ユーリのように中立派――を装った、フレイランについていたものも、それなりにいる。

そして、ユーリがフレイランの側に回ったのは国王にとってはかなりの痛手だった。

なにも言うことの出来なくなった国王に、アロイドは状況の不利を感じ取ったのか、フレイランに吠えたてた。

「貴様！　どうせその証拠とやらもお前の手の者による偽造品だろう！　本物だという証拠はどこにある⁉」

「証拠、証拠とお前はうるさいが……身に覚えならお前にもあるはずだ。それに、これから嫌というほど揺るぎない証拠品はさらに出てくるはずだ。なにせ、ロベルト・バートリーを拘束してしまえばあとは研究所と彼の私室のみ。そこから、一体どれほどお前と繋がる品が出てくるだろうな」

淡々と事実を突きつけられたアロイドは怯んだように言葉を飲んだ。事実、突然差し押さえられた現場ではもちろん証拠を始末する余裕などなく、その全てが憲兵とフレイランの息のかかった国務国事官の手に渡っていた。

それでもアロイドはなにか言おうとしていたようだが、やがて言葉を失って、なにも言わなくなった。それを見届けてからフレイランはさらに続ける。

「アロイド、お前は自身に回される王族費が年々少なくなるのを不満に思い、新規の違法薬物へと手を伸ばした。そこに声をかけてきたのが魔術師管連盟理事長ロベルト・バートリーだな？」

「…………」

「沈黙は肯定と受け取る。お前は違法薬物を介し、人身売買に手を染めた。そして、効果を確かめるために手っ取り早く国民を使うことにした——。その結果、生まれたのが【魔力虚脱症】だ」

ざわ、と彼らを取り囲む招待客が驚きに揺れた。口々に内容を審議する発言が飛び交い、ついにアロイドは項垂れた。国王は黙ったままで、なにも言うことはない。

この場は既に、フレイランの独壇場と化していた。彼は歌うように、流れるように言葉を紡ぐ。

「研究報告書を見て驚いた。不治の病と称された症例と全く同じ記載があったものだからな。どうしたものかと思っていたが——アロイド、お前は十三歳の時、婚約者候補だった令嬢をみな、薬物の実験体にして殺したな」

「!?」

驚愕にアロイドが顔を上げる。その顔はもはや青ざめ、唇は震えてすらいた。

「なぜ……それを……。お前が……!!」

絞り出すように言ったその発言は、フレイランの言葉が正しかったことを意味していた。認めたも同然のアロイドの言葉にホールに動揺が伝播していく。それを見ているレイチェルも息を飲んで場を見守っていた。

「その不審死を全てなかったことに──圧力をかけて、潰したのが国王陛下。あなただ。当時のことを調べればあっさり不自然な箇所が見当たりましたよ。詰めが甘い」

フレイランはふ、と笑うとまた言葉を続けた。

「同じ頃、俺の母、第二妃も【魔力虚脱症】で命を落とした。第二妃に手を下したのがお前だという証拠はない。だが──【魔力虚脱症】自体を生み出したのがお前なら、第二妃の死にも関わっていておかしくないと思うのは、当然じゃないか？」

「き、詭弁だ！　なにひとつ証拠などないくせになにを……！」

「先程も言ったはずだが？　証拠ならこれから増えていく、と。それに、俺はここで真偽を問う気はない。ここは王城のホールで、罪を裁く場ではない。お前の罪は、国務国事会で真偽含め問われることになるだろう」

フレイランはそう言うと、ちらりと背後の憲兵へと視線を送り、合図を受けた憲兵が隙のない動作で国王とアロイドを囲んだ。

「国王陛下、最後になにか言いたいことでも？」

フレイランが国王の前まで進み出ると、そこでようやく、苦悩に満ちた顔で国王は顔を上げた。

「……すまなかった、エリーゼ」

「…………」

（エリーゼ……？）

聞き覚えのない名前にレイチェルは僅かに疑問を覚えたが、すぐにその名が第二妃――フレイランの母親のものであることに気がつく。国王は、フレイランではなく第二妃に謝罪したようだった。

フレイランは国王の謝罪を聞き眉を寄せたが、それだけだった。

「あなたが謝罪する先は、なにも母だけには留まらない。自分がどれほどの死をもたらしてきたのか。その罪をあなたは自覚する義務がある」

フレイランはそれだけ言った。そして国王が先に憲兵によってホールから連れ出されると、青ざめてもはや白くなっているアロイドの元まで歩き、その前で止まった。アロイドはフレイランが目の前に立つと勢いよく顔を上げる。

「ふ、フレイラン！　お前は私を裁判にかける気か⁉」

「さっきそうだと言ったはずだが」

「――っ、お願いだ。見逃してくれ、俺は利用されていただけだ！　全ての罪はロベルトに……」

周りのことなど一切視界に入らないようで、アロイドは自己保身のために言葉を重ねた。

レイチェルはアロイドの婚約者だが、彼の懇願を聞いても心を動かすことはおろか、彼が見苦しい発言を繰り返すたびに心が冷えていくのを自覚した。

こんな人間がフェリシーの処刑を命じたのかと思うとやりきれなさで胸が苦しくなる。

とばっちり、とでもいうのか彼の隣に並んでいたメルーナも憲兵に拘束されている。彼女は自分は無関係だと暴れていたが、ほどなく後ろ手に縛られていた。フレイランはそんなアロイドの様子を見るとひとつため息をついた。

「見苦しいな。アロイド。俺がお前に聞きたいことはない。俺は、これから贖罪の道を歩むお前にひとつ餞別を贈ろうと思っただけだ」

「餞別……?」

フレイランはちらりと背後に控えるバドーを見ると、バドーが心得たようにアロイドの前まで進み出てくる。

「アロイド殿下。あなたはレイチェル様にメルーナ嬢殺害未遂の疑いを持ち出しましたが、その証拠はおありですか?」

「は……?」

ぽかんと間の抜けた顔をするアロイドに、フレイランは嘆息して言う。

「お前が先ほどから何度も口にしている証拠だ。いわゆる事実を証明するための現物、あるいは根拠。公衆の面前で問いただしたのだからそれなりのものは用意してあるのだろう」

「………」

フレイランの皮肉が利いた言葉にもアロイドはなんの反応も示さなかった。ただ悔しげに顔を歪めている。

「ないの、ですか……」

その時、呆然とした声でレイチェルが言った。

今糾弾されていたのはレイチェルだが、過去、時が戻る前にこの場所に立っていたのはきっと、フェリシーだった。彼女もまた、卑怯なやり方によって罪を突きつけられ、やってもいない罪によって裁かれることになった。その罪状を裏付けるだけの証拠がなにひとつない、というのはレイチェルに衝撃をもたらした。

(なんの証拠もないのに、ただアロイド殿下が有罪にしたいからと、それだけの理由で殺人者にされる)

フェリシーはどう思っただろう。ただひとり、味方もいない王城で見世物にされた彼女は、苦しくても辛くても、決して諦めることはしなかったのだろう。

(酷い。絶対に、許せない。許したくない)

きっとフェリシーは頑張ったはずだ。そんな彼女のことを考えると、レイチェルは言葉が止まらなくなっていた。

「あなたが私に罪を着せたかった理由はなんなのでしょうか。私が邪魔だった？　メルーナ様を正妃にするには私が邪魔。だから、私を排そうと？」

「それは……」

「答えてください。アロイド殿下。あなたはご自分の身勝手な理由で、私を殺人者に仕立て上げ、処刑しようとしたのですか」

「…………」

アロイドは答えない。自分の不利を理解しているのか、目を合わせず黙りこくっている。さながら貝のようだ。

（そんなの……許せない）

あの日のフェリシーを忘れることは出来ない。時が巻き戻っても何度となくあの夢を見る。目に沁みるほどの夕日の逆光。観客の熱気。ヤジと歓声。そして——終わりを告げる教会の晩鐘。

その夢を見る度にレイチェルは跳ね起きて、それが今は存在しない過去だったことを思い知る。あの時の恐怖は、悲しみは、苦しみは。後悔と怒りと自己嫌悪と、慟哭が入り交じった思いを忘れる日はきっと来ない。

（フェリシーがどんな思いで……！）

彼女がどんな思いであの処刑場に立ったのか、きっとアロイドは知らないのだろう。知るはずがない。きっと、理解する気すら、ない。

「あなたは、とても残酷で、無神経な人です。あなたには……他人の気持ちが分からない！」

「なんだと……!?」

「もし他者の気持ちがほんの少しでも分かるのなら、分かろうとする人であれば、こんなことしようなんて思いません！　……他者を慮（おもんぱか）る気遣いを、他者を知ろうとすることすら放棄したあなたに、国王の冠は相応しくない！　他人の痛みに寄り添えない人間が、国民を知ることなど出来るはずがない！」

レイチェルは手を強く握りしめて言った。許せない、という気持ちがただ、強かった。それだけしか考えられなくて、目の前であっけに取られるアロイドを強く見つめる。今のアロイドになにを言っても、レイチェルの本当に言いたいことが伝わることはないだろう。それでも、ほんの少しでも、彼に気持ちが届けばいいと思った。気づいてほしいと願った。

「誰も知ろうとせず、心に触れず、一方的に押しつけるだけでは誰もついてきません。アロイド殿下。あなたには、対等にあなたを見てくれる人はいますか？」

「は……？」

突然のレイチェルの言葉に、アロイドは瞳を瞬かせた。

「あなたはこの国で二番目に権力を持つ人。だから、傅（かしず）かれることはあってもその逆はない。

人を使うことに慣れていて、それに疑問を覚えない。自分以外の全てが自分より下だと思っている。あなたは、自分以外の人間は人間だと思っていないのでしょう。だから、誰を殺しても、陥れても良心の呵責が湧き起こらない」

「は……。なにを言うかと思えば。今度は心理学者気取りか？」

「あなたは知るべきです。あなたの周りにいる人々も、あなたと同じ人間である、と。あなたと私たちは同じ人間で、そこに変わりはない。権力や肩書きはただの飾りです。あなたはその飾りに重きを置きすぎた。だから今、あなたを助ける人間は誰もいない」

「…………」

レイチェルの最後の言葉は、彼にとってかなりの打撃を与えたのか、アロイドは苦々しく顔を顰めた。

バドーはレイチェルとアロイドのやり取りが落ち着くのを待ってから、手で持っていた書類に目を通しながらアロイドに言った。

「アロイド殿下の用意した証拠は恐らく、メルーナ嬢付きのメイドの証言ですね？　人的証拠は証拠としては弱いですね。しかも——殿下、そのメイドを脅しつけて偽りの証言をさせようとしたんでしょう？　こちらも裏は取れていますす」

「っ……！」

ぐっと息を飲むアロイドの様子にフレイランは涼し気な顔をして言った。

「杜撰（ずさん）な細工だな。おおかた、俺の不在時に方をつけてしまおうとでも思ったのだろうが。せいぜい彼女の言うように牢獄の中で、お前もそこらの人間と同じ、ただの人間であることを知るんだな。お前の執着する【権力】というものは、剥がれやすい鍍金（めっき）にすぎない。それに気づくのが少し——いや、かなり。遅かったな」

「————」

その言葉に、今度こそアロイドは言葉をなくし、項垂れた。

# 第九章　権威失墜

突然の国王と王太子の追放劇にホールにいた招待客は混乱した。なにせ、今をもってこの国の実質的な王はフレイラン・アロ・リージュと決まったも同然なのだから。これからどう動けばいいか逡巡し、互いを牽制し合う貴族に対し、フレイランはちらりとそちらを見るだけで特になにか話しかけるようなことはなかった。

そのまま彼はバドーの横を通ると、「ここは封鎖しろ」と彼にごく短い指示を出し、その場をあとにする。その短すぎる命令にバドーは驚きに硬直したが、フレイランはもう振り返ることはなかった。ただ、レイチェルの側に行くと彼女を見て「ついてこい」とだけ口にした。

＊＊＊

フレイランに連れていかれたのは執務室だった。もう何度となく足を運んだこの部屋だが、しかし今日に限っては初めてこの部屋に踏み入った時のような緊張感があった。

フレイランが先に扉を開けて、レイチェルを促した。

「どうぞ?」

まるで、いつかの時の再現のようだ。レイチェルもまた「ありがとうございます」と少しぎこちなくなりながらも言って、部屋の中へと踏み込んだ。

扉の鍵がかけられたところで、フレイランが話を始めた。

「今後のことを考えればやることは山ほどあるが、当初の目的は達成したな」

フレイランは執務椅子に腰掛けながら続けた。

「俺の目的はアロイドと、アロイドの罪を知りながら庇いたてる国王の罪の告発だった。次に玉座に座る人間はそれに相応しければ誰でもいい、と思っていたが――」

「……血筋的にも、王位継承権の順位を考えても、次はあなただと思います」

フレイランの言葉を引き継ぐように言うと、彼はため息をついてから答えた。

「だろうな」

「……フェイは、数日王城を不在にするのではなかったのですか？　どうして今日、ここに？」

そう。レイチェルはそれがずっと気になっていた。突然呼び出されて始まった断罪劇に、予定よりも帰宅を早めてホールに現れたフレイラン。全てがレイチェルの予想外だった。

レイチェルの言葉にフレイランは執務机に頬杖をつくと、じっと彼女を見上げた。

「っ……」

彼の蒼い、力強い瞳で見られるとレイチェルはいつもなにも言えなくなってしまう。蠱惑的な、人を惑わす瞳だと思う。フレイランはレイチェルを見ていたがふと視線を外すと、滔々（とうとう）と話し始めた。

「元々は数日程度で戻るつもりだった……が、気になる話を聞いていたからな。急遽予定を早めた」

「気になる話……？」

「アロイドがリージュ国の主要貴族を集めて立食会を開く、なんていう話だ。あれは酒池肉林を好むが、昼間の会食などという形式ばった場は嫌う。堅苦しいし、好きに振る舞えないからだろうな」

「………………」

話を聞きながら呆然としてしまう。三日前。あの夜会の時にはその話をフレイランは掴んでいたのだ。だから、レイチェルを王城に残すことを気にかける素振りを見せていた。

驚いているレイチェルに、フレイランは話を続けた。

「予定を押して戻ってみれば予想通りの展開が広がっていた。そして、都合よく俺の手にも必要な情報は揃っていたからな。アロイドが用意してくれた舞台をそのまま利用させてもらったというわけだ」

「そう、だったのですね……」

フレイランの読みの深さに感嘆するべきか、なにも知らされていなかったことにショックを受けているのか。レイチェルは色んな感情がせめぎ合って、上手く言葉に出来なかった。

「なにか言いたげな顔をしてるな」

「………」

「気にせず言ってみろ。俺は女の顔色を窺うのは不得手でな、言われないと分からない」

　フレイランに促されてレイチェルはゆっくりと、自身の感情を整理する。

　そして、思いつくままにぽつりぽつりと言葉を零した。

「……知らせてほしかったんです」

「事前に？　アロイドが妙な動きをしているから気をつけろ、と？」

「……………。全部、教えてほしいわけではありません。フェイも全て話せるわけではないでしょうし、それは理解しています。だけど、少しでいいから教えてほしかった。なにも知らされないまま、状況が動いて。あとから結果だけ知らされるのは……いやです」

「………」

　酷いわがままを言っている自覚はあった。フレイランは第二王子だ。貴族の娘にすぎないレイチェルの言葉になど耳を貸す必要はないし、そうする必要もない。

　なにせ、言ったところでなにも変わりはしないのだから。ただ、レイチェルがほんの少しだけ安心する。レイチェルが納得する。ただ、それだけだ。

　フレイランは言葉を探すように視線を落として話していたレイチェルの姿を見る。淡い雪がそのまま色づいたかのような髪に、太陽の光のような色の瞳。どこもかしこも色素が薄いからか、彼女自身が柔らかい印象を受ける。

アロイドの撒いた【魔力虚脱症】などがなければ間違いなく、レイチェルは引く手あまただっただろう。ただ、リージュ国に生まれてしまっただけ。

（だが、レイチェルがリージュ国以外に生まれていればこうして会うこともなかった、か）

彼女の境遇には同情すべき点が多々ある。幼少期からの虐待や監禁は特に。この国で生まれさえしなければ、彼女はもっと幸福に生まれていただろう。フレイランはそう思いながらもレイチェルに呼びかけた。

「覚えているか？　先にすべきことが終わるまでお預けだ、と」

「！」

「ひと通り、先にすべきことは終わったと俺は認識している。きみはどうだ」

「私は……」

レイチェルは声を震わせた。それを認めるということは、すなわち夜会の夜、ふたりきりになった時にした触れ合いの続きをするということだ。頬がじわじわと熱を持つ。

フレイランはレイチェルの返事を待つことなく執務椅子から立ち上がり、彼女の元に歩いていく。そして、彼女の前に立つと、レイチェルの顎に触れて、持ち上げた。

「っ……」

レイチェルは逆らわなかった。ただ、願うような、乞うような瞳でフレイランを見る。彼は潤んだはちみつの瞳を見つめながらふと、口を開いた。

「きみに事前に情報を共有する、というのは……時と場合によるな」

「え……？」

「きみに情報を提示して問題がなければいいが、きみが知っていることで状況をさらに読めない方向に転ぶような、そんな可能性がある時は伝えられない。……それでもかまわないか？」

「！」

それは先ほどの答えのようだった。先に知りたかった、と。そう願ったレイチェルの気持ちに寄り添ったもの。レイチェルは頷いて答えた。

そして、彼の手に自分の手をそっと重ねる。

（私のわがままに答えてくれるのね）

「ありがとうございます。フェイ、とても嬉しいです」

「こんなことで喜ぶのか？　情報を先に提示すると言ったくらいで？」

「あなたにとってはこんなこと、でも。私には、とても大きいんです」

なにも言われないのは、信頼されていないようにも感じ取れて寂しい。

……そう。レイチェルは寂しかったのだと思う。蚊帳の外に置かれて、なにも知らないままでいて。自分に出来ることは少ないと分かっていても、なにも知らないままでいるのは嫌だった。

それを人はわがままだと言うだろう。だけどフレイランはそれを呑んでくれた。レイチェルはそれがすごく、嬉しい。

フレイランはよく分からない、といった顔をしていたがすぐに思考を切りかえたのか、また言葉を切り出した。

「きみとアロイドの婚約は白紙に戻るだろうな」

「！」

「王侯貴族間の婚約において、婚約者がその兄弟、あるいは姉妹にスライドするのはそう珍しいことじゃない。婚姻は結局のところ家同士の繋がりによるものだからな、相手が変わろうとその家の人間ならかまわない、というわけだ」

ここまで言われればフレイランの言いたいことはレイチェルにも分かった。

「私とフェイの婚約を結び直す、ということですか？」

それでも確かめる気持ちが勝ってしまって、つい細い声が零れる。フレイランはふ、と笑った。

「ああ、そうだ。時間はそれなりに必要とするがな。……言っただろう、きみに婚約者がいなかったのなら、アロイドより先に俺は、きみに婚約の申し入れをしていた、と。今がその時だ」

「！」

フレイランはレイチェルから手を離すと、今度はそっとその指先に触れた。そしてそのまま彼はその場に跪くと、レイチェルの手の甲に口づけを落とす。

「フェイ……!?」

この国の第二王子が跪いている事実にレイチェルは狼狽えたが、フレイランは落ち着き払っていて、レイチェルの手を離すことはなかった。ただ、真っ直ぐに、レイチェルの好きなあの力強い瞳で彼女のことを見ている。

「これできみはめでたくアロイドの婚約者ではなくなったわけだが……この手を取る覚悟はあるか？　お姫様？」

「……！」

レイチェルはその言葉に息を飲んだ。そして言葉を探すように口をゆっくりと開き、僅かに逡巡してから、彼女もまたその場に膝をついた。

「？」

「……私は、つい最近までまともな教育なんて受けていませんでした。知識や振る舞いについては付け焼き刃で、足りない部分がたくさんあると思います」

「かまわない。きみの努力は知っているし、俺もそう公の場に姿を現すのはあまり好きじゃない。ゆっくり習得していけばいい」

「この髪について今後もなにか言われることがあるかもしれません」

「くだらないな。【魔力虚脱症】自体を招いたのは王族の責任だ。それについて糾弾する、というのなら甘んじて受け入れるが、きみの髪は関係ない」

レイチェルの懸念をひとつひとつ潰していくフレイランは、彼女の名を呼んだ。

とても真剣な声で、レイチェルはハッと彼を見る。

「前置きはいい。細かい調整はどうにでもなるし、してみせる。きみと婚姻を結ぶことで起きる懸念事項は把握している。その上で、俺は言っている。ただ、きみはきみの気持ちを言えばいい。……それだけでかまわない」

「………」

「きみは、俺のことが好きか？」

「――――」

（ここまで、彼に言わせてしまった）

ただ、レイチェルは不安だった。彼女が妻となることでフレイランに面倒事を増やしてしまうのではないかと。

だから先に尋ねた。だけどフレイランにしてみたらいつまでも答えを得られず、いたずらに回答を引き延ばしにされているように感じたのかもしれない。

レイチェルは焦りながら口を開く。その気持ちを、言葉にするのはとても勇気が必要だったけど。

「私は、フェイに惹かれています。いつからなのかは分かりません。最初はすごい人だな、と憧れて」

（最初はフェリシーの婚約者についてフェイの方でも手を回すから、という交換条件で彼に協力した）

そして、調べていくうちに王族の不正を見つけ、彼の母親の死を知った。フレイランは決して表情豊かな人間ではない。なにを考えているのか、レイチェルは全く分からないことだってよくある。彼の全てを理解している、とはいえない。だけどそれでも、惹かれてしまった。

「私をあなたの妻にしてくださいますか？」

レイチェルの言葉に、フレイランはふ、と小さく笑った。

そして彼女の手を取って立たせると、彼女に言った。

「あまり、俺は愛の言葉というものを口にするのが好きではない」

「へ？」

「そういうのは意味のある時に言ってこそ、だろう？　そう何度も言うと重みが減る」

「…………」

（私は言ったのに……）

知らずのうちに不満げな思いが顔に現れていたのか、フレイランがふっと笑った。

「だから、今が言うその時だ。……一度しか言わない」

フレイランは「レイチェル」と彼女を呼ぶと小さく、そしてはちみつを溶かしたような優しい声で言った。

「俺は、きみのことが好きだ。……きみに、惹かれている」

「……っ」

「顔を、上げて」

小さな、囁くようなそんな声で言われてレイチェルはそっと顔を上げた。

そして、触れるような口づけが唇に落とされる。ほんの一瞬。僅かな触れ合いに、だけどレイチェルは息が詰まった。

「――――!」

「ふ……真っ赤だな。これから何度となくするというのに」

「フェ、フェイ……!」

レイチェルは恥ずかしさのあまり思わず上擦った声をあげた。フレイランはそんな彼女の様子を満足そうに見てから、すぐにいつも通りの涼し気な顔に戻った。

「これからやることは山ほどある。むしろ、ここからが本番だと言っていい。国王が事実上権力を失った今、統率する立場にあるのは俺だ。だが、そう簡単にいくとは思っていない」

「え……?」

フレイランの切り替えの速さにレイチェルは戸惑いながら、どうにか彼の話に耳を傾けた。

「国内の勢力は二分していた。俺と、アロイド。どちらが次期王位に相応しいかと派閥争いも水面下でだが、激化していた。そんな中でアロイドの失脚だ。やつを傀儡にしようと持ち上げていた人間としたらたまったものではない。そのうち、必ずやつらは動くだろうな。俺を蹴落とすために」

　フレイランのここからが本番だ、と言った意味をレイチェルはようやく理解出来た気がした。

国王と王太子、その両方を失ったリージュ国はここしばらく、統率者を失ったことで不安定になるということだろう。それをまとめ上げるにはかなりの日数を必要とする。

「まあ、これから先のことはこのあとゆっくり考えればいいとして。まずはきみのことだな」

「え？」

「アロイドが失脚した今、きみの立ち位置を早いところ明らかにしておきたい。そのためにはまず」

　フレイランはそこで言葉を切った。

＊＊＊

「お姉様！　よかった……本当に！」

　レイチェルが公爵邸に戻ると、顔を泣き腫らしたフェリシーが待っていた。とても心配をかけてしまったようだ。レイチェルはフレイランの手を借りて馬車から降りると、まだ涙で濡れた顔のフェリシーに言った。

「心配かけてごめんなさい。フェリシー。……隣の方が？」

レイチェルはちらりとフェリシーの隣の男性へと視線を向ける。茶髪の巻き毛でどことなく軽薄な印象を持つ青年――レイチェルは彼の名を知らなかったが、心当たりがあった。彼の手はフェリシーを支えるように腰に回っているし、落ち着かせるようにその手にも触れていた。

「ああ……。彼はリアン・ルミネッド。私の婚約者よ」

「！」

やっぱり、とレイチェルは彼を改めて見た。彼についてひと通り調べてはいたが、実際レイチェルは彼と会ったことがなかった。情報通りというか、遊び屋の雰囲気を感じる。

（でも……）

彼は、レイチェルが連れていかれて混乱したフェリシーを落ち着かせるために来てくれたのだろう。

わざわざフェリシーのために駆けつけてくれたのだと知ると、そう悪い人にも思えなかった。

フェリシーに紹介されたリアンは胸に手を当ててレイチェルに頭を下げた。

「初めまして、レイチェル嬢。何事もなかったようでなによりです。……そして、そちらにいらっしゃるのはフレイラン・アロ・リージュ殿下とお見受けしますが」

リアンに視線を向けられて、それまで場を見守っていたフレイランが頷いて見せた。フェリシーが悲鳴を飲み込むように口元に手を当てる。

「ふ、フレイラン殿下……⁉　お姉様、どういうこと？」

「えっと……」

レイチェルがどう説明すべきか悩んでいると、彼女が答えるより先にフレイランがフェリシーに尋ねた。

「レーナルト公爵閣下はご在宅かな」

「！　は、はい。今は書斎に……！」

フェリシーはフレイランに呼びかけられたことで緊張していたようだが、ぎこちなく頷いて見せた。フレイランはそんなフェリシーに小さく笑って、レイチェルの腰に手を回す。

「……っ⁉」

「そうか。じゃあ、場を用意してもらえるかな。急ぎ、公爵に話したいことがある」

フェリシーはその言葉に慌てた様子で邸宅内に戻っていく。その場に残されたのはフレイラン、レイチェル、リアンの三人のみとなる。

（リアンは私の髪を恐れないのね）

もしかしたらフェリシーから先に聞いていたのかもしれない。だけど、レイチェルの髪を見て驚かない人間は珍しい。

（リアンはいい人なのかもしれない）

レイチェルはそう思いながら、この中で唯一、レーナルトの人間であるためふたりに声をかけた。

「中へどうぞ。サロンへご案内します」

＊＊＊

突然の第二王子の訪れに公爵は泡を食ったように慌てた。既に王城でなにが起きたのか、ある程度理解していたのかもしれない。

フェリシーがもうすぐ公爵がサロンに来ることを話すと、フェリシーとリアンのふたりはサロンを出ていった。

レイチェルもまた席を外すべきかと思ったが、フレイランがそれを止めた。

「きみの話だ。聞いておいた方がいい」

フレイランに言われ、レイチェルもまた彼の隣に座り公爵がサロンを訪れるのを待つ。

そしてそれから間を置かず、サロンに入ってくる人間が見えた。公爵だ。

人払いは済んでいるのか、メイドの姿は見えない。公爵はフレイランと隣に並ぶレイチェルを見て苦々しい顔をしたが、なにも言わずに席に着いた。

「わざわざ当屋敷までご足労いただき感謝いたします。それで――本日はどういったご用向きで?」

「俺はまどろっこしいのは苦手でな。単刀直入に言う。――つい先ほど、国王ならびに王太子が失脚した」

「!」

公爵は驚きに息を飲んだが、既に情報を掴んでいたのか取り乱すことはしなかった。レーナルトは王太子に与する派閥だ。その王太子が失脚したと聞いて動揺するのも当然のことだった。

フレイランは公爵の反応を注意深く見ながら、その星が浮かぶ夜空のような瞳を細めた。

「……私の、身の振り方を聞きにきたと?」

公爵が唸るような声でフレイランに尋ねる。フレイランはそれにふ、と小さく笑いを浮かべた。

「公爵の身の振り方など聞くまでもない。既に決まっているからな」

「は……?」

「レイチェルとアロイドは婚約を結んでいたな」

「は、はぁ」

突然レイチェルの話が持ち出され、目に見えて公爵は困惑したようだ。

そして遅れて、なぜレイチェルがこの場にいるのだという戸惑ったような視線を彼女に投げかける。レイチェルはなにも言わず、フレイランの言葉の続きを待つ。

「アロイドが失脚した今、彼女の婚約は宙に浮く。慣例に則れば、彼女の婚約相手は俺にスライドするのが自然というものだ」

「な……!?」

（めちゃくちゃに聞こえるけど、フェイの言い分は理にかなっている）

「だが、レーナルトはアロイドの後援をしていたな。そうなると、俺としても都合が悪い。さっきも言ったように既にアロイドは失脚している。あいつを持ち上げていた家門にはそれなりの対処をする予定だが――どうする？」

フレイランの言いたいことが分かったのだろう。公爵はハッとしたように目を見開いてフレイランとレイチェルを交互に見る。

「……つまり、そうしなければレーナルト（うち）は潰される、と？」

「そうなるかどうかは、公爵の判断に委ねるところとなるが。こちらが決めて結果だけ知らせるというのもいいかと思ったんだが――あんまりだろ？　長年アロイドに尽くしてくれた公爵家に対し、その扱いはな」

「………」

「悪いが、あまり時間がない。さっきの今だからな。こちらも手早く動きたいところなんだ。公爵が思い悩むようであればこちらで決めてしまってもかまわないが？」

その言葉に、公爵は自身が選べる選択肢はひとつしかないと悟ったようだった。眉を寄せ、厳しい表情で黙り込んでいた公爵はやがて頭を下げた。

「我がレーナルトの家は、フレイラン殿下の命令に従います」

「命じたつもりはなかったんだが……まあいい。それなら、今後の話を詰めていくこととしよう。レイチェル」

「！」

突然名前を呼ばれたレイチェルはハッとしてフレイランを見る。公爵もまたレイチェルを見たが、長年虐げていた公爵家の欠点とも言える娘が、この状況を救う唯一の鍵だということに納得がいかない、あるいは自身のプライドが許さないのかもしれない。

公爵の顔色は悪かった。

フレイランはそんな公爵にかまわず、レイチェルに言った。

「きみは、この邸を離れた方がいいな」

「え……？」

「出来るだけ、こちらと協力関係だったと周りに思わせたい。ルマーニア侯爵に行儀見習いとして行ってもらう予定だ」

（……⁉）

ルマーニアという家名は聞いたことがある。だが、レイチェルは面識もなければ詳しくも知らない。突然侯爵家での行儀見習いの話が出たレイチェルは戸惑った。それは公爵も同じようで「ルマーニア……？」と怪訝そうに繰り返した。

（ルマーニア侯爵は第二王子を推す派閥の筆頭貴族。アロイド殿下を推していたレーナルトとは折り合いが悪い……）

公爵が嫌そうな顔をするのも当然だろう。だが、フレイランはもう決まったことと言わんばかりに話を進めた。

「そもそも、嫁ぐ前に行儀見習いをするのがこの国の慣例であったというのに、アロイドがおかしすぎたんだ。突然の婚約に、婚約期間は僅か数ヶ月ときている。なにか、急がなければならなかった理由があるのでは……と邪推を招きたかったとしか思えないな」

「…………」

「公爵は既に知っているんだろうな。なにせ、アロイドが一番頼りにしていたのがレーナルト公爵というのは有名な話だ」

公爵は渋い顔をしていたが、やがてぽつりぽつりと話し始めた。

「アロイド殿下の恋人……メルーナ様ですが、ご懐妊されてました」

「え……!?」

レイチェルが思わず戸惑いの声を漏らした。しかし、フレイランは予想していたのか、特に表情は変わらない。そのまま続きを促すようにフレイランに見られ、公爵は歯切れ悪く言う。

「元々、メルーナ様とアロイド様は相性がよかったらしく、その関係が始まったのは去年からです。そしてつい先日、メルーナ様のご懐妊が分かりまして」

「それで、子が産まれる前に妃を据えないとさすがにまずい……と思ったわけか。しかし、こんな話をされたらまともな親は娘を嫁に出したいとは思わないだろうな。形ばかりの妃など、馬鹿にするにもほどがある話だ」

「…………」

フレイランにお前はまともな親ではないと言われたも同然なのだが、公爵はなにも言わなかった。自覚があるのか、フレイランの手前反論出来ないのかは分からない。

「しかし公爵、お前は思わなかったのか？　突然用意した、いわゆる飾りの妃などすぐに処分される、と」

「！」

レイチェルは思わずフレイランを見た。

（やっぱり、アロイド殿下は迎えた妻を殺すつもりだったのね）

思い出すのは、処刑を知らせる晩鐘と、眩いばかりの夕陽の逆光。むせ返るような熱気に、息苦しさ。その中で涙を流すことなく、しっかりとした足取りで歩く、フェリシーの姿。

眩い夕陽の逆光を思い出して、レイチェルは思わず目を強く瞑った。知らずして自分の手を強く握りしめる彼女をフレイランはちらりと見たが、そのまま話は続行した。

「それで、どうなんだ？　公爵」

「……殿下は、我が娘を大切にしてくださると約束してくださいました。ですから」

「そんなもの、嘘に決まってるだろう。あれがそんな殊勝な人間に見えるか？　馬鹿らしい」

「…………」

フレイランに一蹴された公爵はもう、なにも言うことはないようだった。

「お父様」

レイチェルは公爵を呼びかけた。隣に座るフレイランがレイチェルを見るが、止められることはなかった。レイチェルがアロイドの婚約者となってからもレイチェルをとことん無視してきた公爵は、しかしこの場ではさすがにレイチェルの発言を無視することは出来なかったようだ。睨むような目で彼女を見た。

レイチェルは真っ直ぐにその目を見て、父娘として会うのはこれが最後なのだと感じていた。だからこそ、言わなければならないと思った。

「私は、今までこの髪を疎ましく思っていました。公爵家に生まれながら【死者の髪】を持つ私は、家の恥さらしで、生まれてきてはならなかった存在だと何度も、何度も……。自身が生を受けたことを恨んできました」

「なんだ。恨み言か？」

ハッ、と馬鹿にしたように公爵が笑った。フレイランが僅かに眉を寄せたが、レイチェルはかまわず言葉を続けた。

「あなたたちを恨んだこともあります。だけど、今は結果として、私を部屋に軟禁し、外に出さなかったあなた方の選択に感謝しています」

「……………」

公爵は眉を寄せ、レイチェルがなにを言うのかと彼女の言葉を聞いていた。

「もし私が普通の人間と同じように社交界に出て、他家と交流を持っていたらきっと周囲からは反感を買い、恐れられていた。そして、咎められるのはレーナルト家で、その影響は必ずフェリシーも受ける。私はあの娘が大好きです。大切に思っています。幸せになってほしいと願っているし、決してあの娘が悲しむところは見たくない。だから、私を閉じ込め外に出さなかったあなたたちの配慮に感謝しています」

「……ふん。皮肉のつもりか」

公爵の言葉に、レイチェルは首を横に振った。

「本心です。幼い頃や、つい最近まではあなたたちのことを恨むこともありました。どうして私だけ、と思ったことがなかった、とも言いません。でも私は、感情だけであなたたちを責めたいと思わない」

「…………」

公爵は押し黙った。レイチェルがなにを考えているのか推し量ろうとしているようにも見えたし、決まりが悪そうにも見えた。

それに、とレイチェルは言葉を引き継いだ。

「今は私、この髪が嫌いではないんです。【死者の髪】だと疎まれてきたこの髪ですが……それでも、この髪を綺麗だと褒めてくれた人がいたから」

それはフレイランのことだった。彼の言葉で、レイチェルは自分の髪に自信を持てた。それまで悪の象徴とも思っていた銀髪が彼に綺麗だとそう言ってもらえたあの時から、レイチェルにとって自身の髪は悪いものではなくなった。フレイランにとっては何気ない一言だったのだろう。だけどレイチェルにとっては、重みが違った。

「この国は、愚かな思い込みに縛られているな。国民も、公爵も。個々の意識をすぐに変えるのは難しい。だが、俺は必ず変えてみせる。思い込みに囚われていては同じだけ視野も狭くなるというものだ」

フレイランがレイチェルの言葉を引き取るように言う。公爵は俯いてしまい、レイチェルは彼の表情を知ることは出来なかった。

それから、詳しい話をフレイランと公爵は進めるとのことで、レイチェルは席を外すこととなった。

最後まで公爵から謝罪の言葉はなかったが、それでよかった。謝られても、レイチェルはどうしたらいいのか分からない。許す、と言えるのか分からないし、そもそもレイチェルがそれらを決めていいのかすら分からない。だから、これでよかったのだ。

サロンを出て自室に戻る途中、メイドに声をかけられる。

「フェリシー様が自室でお待ちです」

メイドは変わらずレイチェルを毛嫌いしているのか、それだけ言うとレイチェルの返事を待つ前にさっさと歩いていってしまった。

(フェリシーが?)

＊＊＊

レイチェルがフェリシーの部屋に向かうと、もうリアンは帰ったのかその姿は見えない。部屋の扉が閉まっていたので、リアンは帰宅したのだろうと思っていたが、その通りでよかった。

(密室に婚姻前の男女がふたりでいるのは外聞が悪いものね……)

レイチェルは何度となく執務室でフレイランとふたりきりになったことを思い出す。本当はよくないことなのだ。だけど、あの時は状況が状況だったし、そもそもあの区域はフレイランが立ち入りを許した人間しか足を運ばない。

そして、フレイランに従う人間はレイチェルがあの部屋に出入りしていることを決して漏らさなかった。

(今度からはもう、あの執務室に行くこともなくなるのかしら……)

フレイランはレイチェルに行儀見習いをさせると話していた。レイチェルもまた、淑女教育を受けてから知ったのだが、本来は婚約が決まった時点で、婚約相手が懇意にしている家に行儀見習いに行く必要がある。期間は明確に定められておらず、婚約中はずっと、というところもあればその家の夫人に認められるまで、というところもある。この婚約期間中の行儀見習いが理由で、婚約前の不貞が相次ぎ、結果今の爛れた社交界を作り出したと言っても過言ではないのだが、昔からの慣例であり、身分が高貴になればなるほど、それは避けられない。

だがアロイドはそんなもの知ったことかと言わんばかりに権力を乱用し、例外を作り出そうとした。

（その理由が、メルーナ様の懐妊だったなんて）

さすがに予想外すぎて、レイチェルはくらくらした。

フェリシーの扉をノックすると、すぐに声がした。

「お姉様？　どうぞ入って！」

部屋に入ると、そこにはティーセットを用意したフェリシーがいた。フェリシーはにこにことしており、フェリシーの前の席には、レイチェルの分の紅茶も用意されている。

「お父様とのお話、もう終わったの？　お姉様は今日はもうゆっくり出来る？　お話ししたいことがたくさんあるのよ！　座って！」

「フェリシー……」

フェリシーの目尻はたくさん泣いたためかまだ赤かったが、彼女はもう笑っていた。フェリシーはレイチェルの手を取って席に座らせると、その対面に自分も腰を下ろす。

「ね、ね！　お姉様。フレイラン殿下とはどういうご関係なの？　……好きなの？」

潜められた声に、思わずむせてしまう。

「ッん……けほっ、こほっ……ふ、フェリシー！」

「だって、ずっと気になってたんだもの。私、以前聞いたでしょう？　お姉様と殿下ってどういうご関係なの？　って……。その時のお姉様、とっても可愛らしかったもの！」

「かわ……⁉」

「ふふ、無自覚なのね。あんな顔をして、【ただお手伝いをしているだけ】なんて無理があると思ったの！」

「……フェリシー、この話はもう終わりにしない？　私、あなたの話が聞きたいわ」

レイチェルはだんだん頬が熱を持ってきたことに気がつき、誤魔化すようにそう話した。

(慣れないわ、こういう話をするのは……)

自分が自分じゃなくなるようで、心音が高鳴って、心がぽかぽかする。それと同じくらい切なくなって、なんだか目の奥が熱くなる。レイチェルの言葉に、フェリシーは不満そうな声を出したが、すぐにまた明るい声で言った。

「私の話なんて、それこそつまらないわよ？　リアンはいつもあんな感じだし」

「……結構、お会いしてるのね？」

「…………」

フェリシーはその言葉にぎくりと動きを止めた。そして短くない沈黙を保ったが、やがてため息交じりに小さい声でぽつりと言う。

「私、リアンのこと叩いちゃったの」

「……えっ⁉」

「向こうが悪いんだって思って、咄嗟に……。でも、淑女が手を上げるのはいけないことだったわ。みっともないし……。分かってはいたんだけど、その時はもうそんなこと考えられなくて」

フェリシーは諦めたような声で淡々と自身の話をしていくが、レイチェルはその言葉が頭から滑り落ちていくようだった。

（フェリシーが？　リアン……あの人を叩いたの？）

いつも笑っていて優しい妹のそんな姿が思い描けず、レイチェルはなにも言えないまま目をぱちぱちとさせた。そんな姉の姿にフェリシーは頬を赤く染めて、場を明るくするような声で言う。

「結構前の話なのよ？　それに……リアン、謝りに来てくれたの」

「え？」

「私を怒らせてしまったって……。意地を張ったのは私なのに。それから……なんとなく、会う約束をするようになったの」

「……そう」

きっかけはどうであれ、フェリシーとリアンはいい関係を築けているようだ。そのことにほっとしていると、フェリシーがレイチェルを見た。神妙な顔をしている。

「……お姉様は、私のことをいつも気にかけてくれるわ」

「そうかしら？」

レイチェルは首を傾げた。フェリシーが思うほど、そんなに分かりやすかっただろうか。確かにレイチェルはフェリシーが大切で、彼女が不幸にならないように注意を払っている。だけどフェリシーに指摘されるほどとは思っていなかった。

「そうよ！　お姉様はいつも私のことばかり。昔だって、あの人たちに折檻されて痛い思いをしているのはお姉様のはずなのに、お姉様は泣いている私を気遣ってくれたじゃない」

「…………」

「今も、そう。お姉様はずっと私のことばかり。……ねえ、お姉様。私、お姉様に心配されるほど弱くないのよ？」

フェリシーは真っ直ぐにレイチェルを見て言った。

「……お姉様が心配しているのは、リアンとの結婚についてでしょう？　分かるわ。お姉様がすごく、心配してくれているの」

でもね、とフェリシーは続けた。どうすれば自分の気持ちをそのままレイチェルに伝えられるのか、言葉を探すように、悩みながらフェリシーは言った。

「私は……自分で決めて、自分で納得して、生きてる。私は、人生の責任は自分で持つべきだと思うの。生きていたら、誰かの助けを必要とすることだってあると思うわ。でも、それに寄りかかって、安全だと分かりきった道を歩むだけなのは、嫌」

「フェリシー……」

「何事も分かっているだけの人生なんて、つまらないでしょう？　……ね、お姉様はもう、自分のことだけ、考えていいのよ？」

フェリシーはレイチェルを見ると優しく笑った。そして、気恥ずかしいのか、誤魔化すようにティーカップへと手を伸ばす。頬を赤く染めた妹を見て、レイチェルは衝撃にも似た感情に襲われていた。レイチェルにとってフェリシーは守るべき、大切な妹だ。レイチェルはフェリシーに救われてきた。今までの人生も、そして巻き戻る前も。

あの時のことは。フェリシーが処刑台に連れ出された時のことは恐らく、一生忘れることはないだろう。忘れられるはずがない。あの時レイチェルは、明確に怒りと、同じくらいの後悔を覚えた。

もっと自分がフェリシーのために動いていたら。自己保身のために逃げ続けていなければ。

そうしたら、フェリシーは。彼女の妹は、助けられたんじゃないかって。

（……だけど、フェリシーは、守られるだけなのをよしとはしないのね）

フェリシーは、レイチェルに守られるだけの、弱い女性ではない。それをレイチェルは知っていたはずだったのに、どうしてか忘れていた。レイチェルは用意されたティーカップに手をつけることなく、ぎゅっと手を握る。そうしなければ涙が零れてしまいそうだった。

爪弾きにされた、孤独だったレイチェルに唯一手を差し伸べてくれた妹。近寄れば病気が移るといい、誰もがレイチェルを忌み嫌う。だけどフェリシーだけはそんなもの気にもとめずにレイチェルに触れて、彼女を姉だと慕ってくれた。

フェリシーは知らないだろう。それが、どれほどレイチェルを救っていたのか。

「……お姉様？　やだ！　どうしたの？　……私、なにかおかしなことを言った？」

フェリシーの焦る声が聞こえてくる。レイチェルの視界はもう歪んで、滲んでいた。フェリシーが席を立って彼女の背を撫でる。レイチェルは彼女の優しい手のひらの温度を感じながら、顔を上げる。フェリシーはとても心配そうにレイチェルを見ていた。

「……ありがとう、フェリシー。……あなたのことが、大好きよ。あなたのことを信じていないわけではないの。これは私のわがまま。どうしたって姉は、妹の心配をしてしまうものなの。これはリアンにも譲れない、姉（わたし）だけの特権よ」

フェリシーが弱いだけではないことをレイチェルはとっくに知っている。

だけど、だからと言って心配をやめることはできない。強いから心配はいらないのだとなぜ思えるのだろう。これは弱いとか強いとか関係ない。ただ、感情の問題なのだから。

「お姉様ったら。分かってるわ。私も、お姉様のことが大好き。私たちはこれから、結婚して、いずれこの家を出ていくわ。でも、離れても私にとってお姉様は、ずぅっと！　お姉様だけ！」

「ふふ。私にとってもフェリシーは、いつまでも大切な妹よ。ずっと、大事で大切な宝物」

レイチェルはフェリシーを優しく抱きしめると、続けて言った。

「なにかあったら、必ず私に言うのよ？　些細なことでもいいの。リアンと喧嘩をしただとか、そういうのでも。苦しくなったら、私のところに来て。いい？」

「それは私のセリフよ、お姉様。フレイラン殿下と喧嘩をしたら、私のところまで来てもいいわよ？」

茶目っ気を混ぜたフェリシーの言葉にレイチェルもまた小さく笑う。

そして、それからフレイランが戻るまで姉妹は優しい思い出話へと花を咲かせることとなった。

# 第十章　相思相愛

フェリシーと話したあと、公爵との話し合いを終えたフレイランがレイチェルを迎えに来た。

これからルマーニア侯爵に挨拶に行くというフレイランに、レイチェルは緊張に身を強ばらせる。

フレイランにエスコートされて馬車に乗り込むが、しかしフレイランは座ってもレイチェルの手を離さなかった。

「あの……？　フェイ？」

「泣いたな？」

「…………」

レイチェルの眦は先ほどフェリシーと泣いたために赤くなっていた。擦ったりはしていないが、まだ赤みは取れていないのだろう。泣いたあとの顔を男性に、それも好きな人に見られるのは恥ずかしくてレイチェルはとっさに俯いた。

フレイランはそんな彼女を見てふ、と笑ったがやがて御者席に続く小窓を軽く叩き、馬車を出発させた。

「フェリシー・レーナルトとは話が弾んだようだな」

「……はい」

「今生の別れではないのだから、また会いに来ればいい」

「え？」

「これからきみは、ルマーニア邸で行儀見習いを受けることになるが、なにも軟禁するつもりはない。向こうも自由に過ごしていいと言っている」

　フレイランの言葉にレイチェルはぱちぱちと瞬きを繰り返す。そして、それまでずっと聞けずにいたことをおずおずと尋ねた。

「……あの、ルマーニア侯爵というのは？　私、お会いしたことがなくて。ルマーニア侯爵にとって、レーナルトは政敵でした。あまりよく思われないのではないでしょうか」

「は？」

　今度はフレイランが戸惑った顔をした。いつも涼し気な顔をしているフレイランには珍しい、鳩が豆鉄砲をくらったような、あっけに取られた顔だった。しかし、ようやくレイチェルの疑問点を飲み込めたのか、どこか納得したような顔になる。

「なるほど。どうりでさっきから不安そうにしていたわけだ」

「え……？」

「てっきり知っているものと思ったが、そういえばきみはバドーとあまり話をしていなかったな」

「え？　バドー……？」

　突然出てきたバドー、フレイランの秘書官の名前にレイチェルは再び困惑することになる。

だけど次の瞬間、フレイランの言葉に驚きに息を飲むこととなった。

「バドーはルマーニア侯爵本人だ。あいつの本名は、バドー・ルマーニア。先代当主が事故で亡くなってな、数年前に爵位を継いでいる」

「え……!?　バドーが、ルマーニア侯爵？」

　戸惑いに揺れるレイチェルに、フレイランは頷いて答えた。

「行儀見習いはきみをあの邸宅から引き離すための建前にすぎない。きみがあの邸宅に残れば、公爵の手駒にされることは目に見えているからな。現状、公爵が火の粉を振り払うために使えるカードはきみしかいない。そして、俺にしてもきみが人質に取られると動きにくくなる」

「…………」

　驚きに息を飲むレイチェルに、フレイランは淡々と言葉を続けた。

「バドーのところに預けておけば、面倒な慣習に則った行儀見習いもパス出来る上、こちらもきみの動向を掴みやすい。バドーは未婚だからな、あの屋敷に女当主はいない。ま、だから行儀見習いというのは本当に言葉だけだな」

「フェイ……は、いつから……」

「ん？」

レイチェルはぽろぽろと零れるように言葉を紡いだ。いつから、レイチェルのことをそこまで考えてくれていたのだろうか。とても、大切にされている。それを実感して、レイチェルの目の奥がまた少し、熱を持った。

(涙腺が、壊れてしまったみたい)

さっき、散々フェリシーと泣いたからだろうか。今日のレイチェルはいつも以上に涙もろかった。

「いつから、私のことを好きでいてくれたんですか?」

レイチェルが尋ねると、フレイランは少し意外そうな顔をした。そして、レイチェルから視線を外すと少し考え込むような顔をしたあと、ぽつりと答える。

「さあ……いつからだろうな」

「……誤魔化してますか?」

「いや、自分でも分からない。だけど、そもそも愛だの恋だのといった感情がいつから生まれたのかなんて、考えても意味がない。最初は違った感情が育った結果がこれなのかもしれないし、最初から違った可能性もある。目に見えないものを突き詰めることほど、難しいものはない」

「…………」

フレイランの性格を考えれば、考えても答えの出ない問いを考え続けることはしないだろう。

彼は無駄を嫌う。効率主義で、なにも生み出さない会話は忌避するところがあった。だから社交界に出ても必要最低限の会話しかしないし、そもそも社交界にもあまり顔を出さない。

だけど、この時だけは。フレイランはレイチェルに出された問いかけに、彼女が納得するような答えを探し、少し沈黙した。

そして、短く「だが」と呟く。レイチェルは彼の顔を見た。フレイランは変わらず淡々とした言い方をしたが、その言葉は驚くほど優しい。

「今の俺は、きみを大切に思っている。きみが、愛しい。……それだけじゃ、不満か？」

「……不満、なんて。言うわけがないじゃありませんか。だけど、フェイはずるいです」

「へえ？」

「だって……いつも私ばかり、翻弄されている気がする。今だってすごくドキドキして、どうすればいいか分からないのに。……フェイは違うかもしれませんが、私はこういう、好きだという感情を持つのは初めてなんです。感情が追いつかなくて正直少し、怖いような気がします」

レイチェルは言いながら、思わずドレスの裾を手で握りしめた。そんな彼女を見て、フレイランが瞳を細める。彼女が魅了されて仕方ない、夜空のような瞳を細め彼女に言った。

「レイチェル」

「はい」

「俺は、これまでこんな感情を抱いたことはない」

「……えっ⁉」

驚いてレイチェルは顔を上げた。フレイランは眉を寄せてレイチェルを見ていたが、呆れたように言った。

「当たり前だろう？　俺はアロイドのように異性交友を楽しむ質（たち）ではない」

当然、という顔をしているがレイチェルにとってはなにも当然の出来事ではない。

フレイランはレイチェルの手前だからか、ぼかして答えたが、つまりそういうこと。今まで親しい女性がいなかったと彼は言った。

（にわかには信じがたいけど……）

フレイランは王族で、王位継承権第二位の持ち主だ。加えて彼はとても整った顔立ちをしている。冷たいが、その立ち居振る舞いには気品があって、色気もある。

レイチェルは、彼は社交界でもとても人気があるとフェリシーから聞いていた。それに彼女自身、夜会で彼の人気を目の当たりにもしていた。だから、すぐには彼の言葉が信じられない。

レイチェルが目を見開いてぱちぱちとフレイランを見ていると、フレイランはまつ毛を伏せてため息をついた。

「俺が、なにも為さない男女の睦み合いを好むと思うか？　そんな時間を用意するほど、俺は暇じゃない。アロイドが仕事をしないからな、そのしわ寄せがこっちに集中してくる。父の前でも言ったが、一時期は睡眠時間の確保にすら難儀した」

「た、しかに……フェイはそういうの、嫌いそうですね」

男女の睦み合いはそのために割かれる時間もそうだが、労力も必要とする。フレイランは必要ではないことはしない主義なのだろう。

例の、状況を大きく動かした証拠品。ロベルト・バートリーが記したあの手記。あれを書いた人間が誰か、という話になった時、彼はレイチェルが使えないと分かったらすぐに彼女を追い出そうとした。彼はそういう人間だ。

それに彼も言った通り、フレイランは忙しい人だ。立場のこともあるし恋愛に割く時間はなかったのだろう。

レイチェルは徐々に彼が告げた言葉の意味を理解する。

「つまり、フェイにとっても私は初恋……ということですか?」

「一般的に言えば、そうなのだろうな」

「どうしましょう。……私、嬉しいみたいです」

レイチェルは思わず頬を赤く染めた。自分だけかと思っていたのだ。こんな感情に翻弄されて、戸惑っているのは。

だけど、違った。フレイランもまた初めての感情を抱いているのだと、レイチェルは知った。

彼女が柔らかくはにかむのを見て、フレイランは僅かな沈黙のあと、言った。

「確かめてみるか?」

「え？」

「ドキドキしているのが、果たしてきみだけなのか」

「っ……⁉」

次の瞬間、レイチェルはフレイランの膝の上に乗り上げていた。ドレスの裾がまくれ、足首がちらりと覗く。だけどレイチェルはそれに気づく余裕すらなかった。

彼の膝の上に座り込むような、そんな体勢にレイチェルは息を飲む。状況を正しく理解出来ず、硬直するレイチェルの手を取ると、彼は指先を絡めるように触れた。

「な、なにを……？」

「なにを、って。言っただろう。果たして心拍数が上がっているのがきみだけなのか、確かめてみるか？　と」

レイチェルの腕を掴んで、自身の膝に座らせると、そのまま彼は彼女の手を掴んで胸元へと押し当てた。

「っ……！」

上着のその下、シャツの上にレイチェルの手が触れる。ほんのり温かい熱を感じ、レイチェルの頬が急速に熱を持つ。

「フェ、フェイ……！」

「どうだ？　分かるか？」

「…………」

レイチェルはフレイランに手首を掴まれたまま、彼のシャツの上に手を置く。じんわりと伝わる熱の他に、確かな鼓動を感じた。

(これが、フェイの……)

当たり前だが、フレイランの鼓動の音を聞いて、彼もまた生きる人間なのだと知る。フレイランという人間を完全に掴みきれていないからだろうか。彼の生きている証を感じ取り、レイチェルはなんだか新鮮な気分になった。

(……少し、早い?)

触れる肌から伝わる、鼓動の間隔は少しだけ速いように感じる。ぱっとレイチェルが顔を上げると、どこかしたり顔のフレイランが彼女を見た。

「……どうだった?」

「フェイも……ドキドキしているんですね」

「言っただろう。きみだけじゃない、と」

フレイランはレイチェルの手を取ると、再度絡めるように繋ぎ、そしてまた、触れるだけの口づけを落とした。

＊＊＊

ルマーニア侯爵邸にはバドーがいて、ふたりが馬車から降りるとサロンへと通した。

「あんまり使っていないんですけどね、なにか足りないものがあったらすみません」

「いや、かまわない」

フレイランとレイチェルが通されたのは、レーナルトの邸宅とはまた違った、白を基調としたサロンだった。女主人が不在だからか、華やかさはないが清潔感がある。広々としたサロンは窓一面がガラス張りとなっていて、明るい日差しが柔らかく入り込んでくる。

窓の近くには観葉植物が等間隔に置かれており、他に目立つインテリアはなかった。

バドーは席に着くと、レイチェルに言う。

「母が亡くなってから結構経つので、女性が暮らすには足りないものもあるかもしれません。その時は家老に言ってください。俺は普段、王城にいますし、あっちに部屋もあるんです。ここから王城に向かうよりそっちの方が便利なんで、この家には全く帰らないんですよ」

「でも……いいのかしら？　なんだか悪いわ。ここに仕える人たちだって、私ではなくバドーのために働いているのに」

レイチェルが眉を下げると、バドーは首を振って答えた。

「いや、その心配はありませんよ。むしろ、誰もいないよりかは客人がいる方がやる気も出るでしょうし。本当に俺、この家には年に数回帰る程度で」

「…………」

それは侯爵としてどうなのだろうと思ったが、きっとバドーはそれ以上にフレイランに仕えたいのだろう。バドーの、フレイランへの敬愛ぶりはレイチェルも身を以て知っている。

そういえば、初めてフレイランに執務室に呼ばれた時、レイチェルはバドーに忠告をされたことを思い出した。

それからもバドーレイチェルをよく思っていないようで、は顔を合わせる度に咎める視線を送ってきていたが、いつからか軽口を叩くくらいの関係にはなっていた。

レイチェルとフレイラン、バドーの三人で紅茶を飲んでいると、そこに近衛服に身を包んだ男がサロンにやってきた。

「殿下。至急殿下にお目通りしたいと伯爵から手紙が届いています」

「……分かった」

フレイランはそれだけ言うと、そのまま席を立つ。そしてバドーを見ると短く言った。

「お前は来なくていい。今日は初日だ。レイチェルに必要なことを教えてやってくれ」

「分かりました」

バドーが頷いたのを見て、今度はレイチェルを見た。フレイランは腰をかがめて、彼女の髪に触れると、そのまま髪をすくように撫でた。

そのまま、短く、銀髪の先に触れるだけの口づけを落とす。

「っ……!?」

レイチェルが息を飲んだのも束の間。すぐにフレイランは顔を上げると、髪からも手を離した。

「いい子で待っていてくれるな？」

「……は、い」

（バドーが見てるのに……！）

バドーだけじゃない。フレイランに伝えに来た近衛兵だって見ている。レイチェルは恥ずかしさのあまり、顔を紅に染めた。

そして、なんとか羞恥のあまり強ばる唇を動かして、フレイランに言う。

「行ってらっしゃい。……フレイラン殿下」

「そう呼ばれるのはなんだか久しぶりだな」

ふたりきりではないので、愛称ではなく敬称で呼んだ彼女に、フレイランは少し考え込むようにしてから言った。レイチェルも、彼の名を呼びながら、少し違和感を持った。いつの間にか【フェイ】と呼ぶのに慣れてしまっていた。

だが、すぐにフレイランは優しげな笑みを浮かべ、レイチェルに言う。

「ああ、行ってくる」

＊＊＊

フレイランが去ったサロンでは、レイチェルとバドーだけになる。バドーとそんなに長く話したことがないので少しだけ気まずさを覚えるも、バドーの方はそうでもないのか珈琲をぐっと呷ってからレイチェルに尋ねてきた。

「レイチェル様は甘いものは好きですか？」

「え？」

「フレイラン殿下は甘いもの、好きじゃないんですよね。だから出さなかったんですけど、多分レイチェル様は好きですよね？　なにか用意させますよ」

「でも悪いわ。突然来てそんな」

「いや、今日から客人が来るって言ってるのできっとなにかしらはあるはず」

バドーがテーブルに置かれた鈴を鳴らすと、すぐにメイドがサロンに現れた。バドーを見てから、レイチェルを見て、その髪色にギョッとした様子だったが先になにか言い含められていたのか、彼女が特になにか言うことはなかった。

「なにかお菓子があれば持ってきて。女性が喜ぶようなものだといいかな、って料理長に伝えて。俺はそういうの疎いし」

「かしこまりました」

メイドが頭を下げてサロンを出ていく。レイチェルはメイドの後ろ姿を追ってから、バドーに視線を戻した。そして、ふと尋ねる。

「バドーは……初めて会った時から、私の髪を恐れる素振りを見せなかったわ。それはどうして?」

まさか突然、そんなことを尋ねられるとは思っていなかったバドーはきょとんとした様子を見せる。童顔の彼がそういう顔をすると、いつもより幼く見えた。

「髪……。あー、髪」

それから納得したように言う。

そして、バドーは腕を組んで、視線をレイチェルから外した。どこか遠くを眺めるような瞳で、彼は続ける。

「俺、フレイラン殿下が十歳の時から殿下に仕えているんですよ」

「!」

バドーがフレイランにそんな前から仕えているとは思わなかった。レイチェルはフレイランの幼少期の姿を想像しようとしたが、上手く想像出来ずに失敗に終わる。だけど、きっと。今とそう変わらない、落ち着いた子供だったのではないだろうか。

バドーはその時のことを思い出すように話し出す。

「まだ第二妃、エリーゼ様もご存命でした。フレイラン殿下が海外に留学した時、俺はリージュ国に残ったんです。ちょうどその時期、俺の父――先代が事故死して。爵位の継承とかで忙しくなっていて、さすがについていくことは出来ませんでした」

「バドーのお父様は事故で亡くなったと聞いているわ。あなたは若くして爵位を継いだのね」

レイチェルの言葉にバドーは頷いて答えた。

「俺はあの時のことを未だに後悔しているんです。フレイラン殿下が国を不在にしていたあの時、エリーゼ様を救えるとしたらきっと、俺しかいなかった」

「……！」

「だけど俺は、自身の忙しさにかまけてエリーゼ様の食事に薬が混ぜられていることに全く気がつかなかった。殿下は俺を責めませんが、秘書官としてあるまじき失態です」

「………」

バドーは淡々と言葉を続けていたが、その硬い声から、未だに彼がそのことを深く悔いているのがよく分かった。

そして、彼の言葉に、レイチェルも思い当たるものがあった。

『もっと自分がフェリシーのために動いていたら。自己保身のために逃げ続けていなければ。そうしたら、フェリシーは助けられたんじゃないかって』

バドーの後悔と、レイチェルのそれはよく似ていた。レイチェルは運よく時が戻ったが、バドーはそうではない。バドーは、時が戻らなかった時のレイチェルなのだろう。

なにを言えばいいのか分からなくてレイチェルが黙っていると、バドーはそれまでの湿っぽい話を払拭するように明るい声で続けた。

「だから俺は、その後悔を忘れないためにも殿下のために尽くしているんです。最初はあなたの髪にも確かに驚きましたけど、エリーゼ様の件がありましたから。俺は頭から【魔力虚脱症】を信じていたわけではありませんでしたし」

「そうなの、ね……」

それから、少しして。言葉に迷っていたレイチェルは、だけど息を飲んでから覚悟を決めたようにバドーに尋ねた。

「バドーが殿下に尽くすのは、エリーゼ妃を守れなかったから？」

「…………」

「だから、その埋め合わせで、彼に尽くしているの？」

突っ込んだ、無遠慮な質問をしている自覚はあった。

だけどどうしても、レイチェルはバドーに尋ねたかった。レイチェルはフェリシーを死なせてしまった。その罪悪感から、きっとフェリシーのことを必要以上に気にかけていた。フェリシーにも指摘されるくらいに。だから、レイチェルはバドーに尋ねたのだ。

もし、自分と同じだったら。そう思って。

レイチェルの不躾な質問にバドーは一瞬瞳を鋭くさせたけど、彼は目を閉じて——そして次に瞳を開けた時には穏やかな顔をしていた。

　ふぅ、と、息を吐いてバドーは言った。

「そんな後悔だけでやっていけるほど、あの人の元にいるのは楽じゃないです」

「！」

「最初は確かにその気持ちもありましたけど、今は違いますよ。今はただ純粋に、あの人が造るこの先を見ていたい。……殿下はすごい人なんですよ。いつも一歩先を見ているというか、頭がキレるというか。ちょっと無茶ぶりされることはよくありますけどね……。ただ、それを差し引いても俺は、あの人の造る未来が見たい。それだけです」

「あなたはフレイラン殿下を尊敬しているのね」

　レイチェルは、自分と同じかもしれない、と思ったことを恥じた。バドーはレイチェルとは違う。同じように後悔して、だけどそこに留まることはなく、先を見据えている。

　強い人なのだろう。そして、そんな人に支えられるフレイランのことを改めて尊敬した。

（私も、バドーみたいに。……フェイを支えられるだけの力が欲しい）

　それには、力が必要だ。物理的なものではない。精神的な、ぶれない心の芯が必要だ。レイチェルは頑張りたいと思った。フレイランの、彼の隣にいるために。

「あなたは違うんですか？」

「え？」

「今の話、あなたにも心当たりがあるのでは？　カンですけど、俺のカンは結構当たるんですよ。だてに殿下の文官をしていません」

「――――」

バドーの言葉にレイチェルは息を飲む。まさか気づかれるとは思っていなかった。

レイチェルはぽつりぽつりと、言葉を濁しながら彼に答えた。

「自分の至らなさが原因で、酷い目にあわせてしまった……。彼女を大切に想っていたのに。だから、その罪滅ぼしで必要以上に優しくしてしまうの？って。ごめんなさい。あなたに聞いても仕方ないことよね」

核心は避けて濁した言葉で彼にことの全貌が伝わるはずがない。つい言葉を零してしまったレイチェルが撤回しようとした時、バドーがあっさり答えた。

「大切なら、それが答えなんじゃないですかね」

「え？」

「俺もですけど、罪滅ぼしだけでやっていけるほど、楽な感情じゃないと思うんですよ。感情に縛られるだけじゃ、しんどいし、苦しい。あなたが今も大切に想ってるのならそれは、贖罪だのなんだのじゃなくて、ただ大切で、大事なんじゃないですか？　詳しいことは、分かりませんけど」

「――――」

その時、ちょうどメイドが入ってきて会話は打ち切られた。

メイドがティースタンドをテーブルに並べる。そこには可愛らしいお菓子が色とりどりに並んでいる。レイチェルは思わず声をあげた。

「わ……！　すごく素敵。美味しそう」

「バーチディダーマですね。確かにこれなら、女性に好かれそうだ」

バドーが頷いてティースタンドを見る。【貴婦人のキス】と言われるバーチディダーマは小さく、可愛らしい形をしている。レイチェルは楽しそうにお菓子を眺めた。

「好きに食べてください。殿下と同じで、俺も甘いものが得意じゃないんです。あなた以外食べる人もいませんし……」

「じゃあ、お言葉に甘えて」

レイチェルはそう言って、いくつかバーチディダーマを自身の皿に置いた。そして、そのひとつを口に入れる。途端、さくさくとしたメレンゲ菓子ならではの口当たりのよさと、アーモンドプードルの優しい香りがする。フィリングは刻んだアーモンドが入ったチョコレートのようだ。舌触り滑らかなチョコレートに、レイチェルは頬をほころばせた。

「気に入ってもらえてなによりです。それと……レイチェル様」

「？」

「あの……すみませんでした」

　どこか、バドーは言いにくそうに歯切れ悪く言った。ひとつ目のバーチディダーマを咀嚼し終えたレイチェルはきょとんとしてバドーの言葉を待つ。彼は視線を手元のティーカップに定めていたが、やがて顔を上げた。そして、バツの悪そうな顔で続ける。

「俺、執務室であなたに言いましたよね。勝手なことはするなって。随分失礼なことを言ってしまったなと……」

「気にしないで。あれは、フレイラン殿下のためでしょう？　私だって、フェリシーに知らない人間が近寄ってきたら警戒するわ。……それに、私こそありがとう」

「え？」

「さっきの話。少し……気持ちが楽になったから」

「ああ、いや。それはいいんですけど。じゃなくて。殿下の話ですが、そもそもフェリシー嬢と殿下では関係性が違うので比較対象にならないというか」

　言いにくそうな顔をしながらも、バドーはそれでも言葉を続けた。

「あの時、俺はアロイド殿下が仕向けた間者かと思っていたんです。あなたはアロイド殿下の婚約者でしたし」

　バドーの懸念ももっともだ。

　むしろ、政敵の婚約者なのに協力を申し出たフレイランの方がおかしかったのだ。レイチェルはそう思ったが、しかしバドーはレイチェルの返答を求めていなかったのか、そのまま言った。

「だけど俺、殿下のあんな顔初めて見ました。殿下が十歳の時から十二年。彼のことを見てきましたが、いつも他人とは一線を引いていて、決して自身の内側に踏み込ませない方です。そんな彼が、大切な女性を見つけた。俺は本当に嬉しいんです。だから……謝罪と、感謝をさせてください」

「私は感謝されるようなこと、なにもしてないわ」

レイチェルが言うと、バドーは小さく笑った。そして、思い出すように言葉を手繰る。

「以前、殿下が王城を離れる際。俺が部屋を退室する時に指示があったのを覚えていますか？」

「？　ええ」

レイチェルはすぐに思い出した。なにせ、数日前のことだ。すぐに思い当たる。

(確か、フェイはバドーを呼んで、こう言っていたはず)

――バドー、お前は王城に残り引き続きあの件を探っておけ。

あの件、がなんのことかレイチェルは分からない。フレイランの仕事で、レイチェルが知らないことはたくさんあるだろう。それは分かっている。だから、聞くこともしなかった。だけどバドーが話題に出したということは、レイチェルに関連することなのだろうか。

レイチェルが戸惑っていると、バドーはすぐに答えを口にした。

「あれ、アロイド殿下が妙な動きをしていたのでそれを調べろってことだったんです」

「あ……」

――元々は数日程度で戻るつもりだった……が、気になる話を聞いていたからな。急遽予定を早めた。アロイドがリージュ国の主要貴族を集めて立食会を開く、なんていう話だ。

フレイランがそう話していたのを思い出す。レイチェルに心当たりがあることを察したのか、バドーはそのまま言った。

「王城のホールに招待客を集めて、あなたを断罪する。その罪状は、メルーナ様の殺害未遂。でっち上げですけどね。メルーナ様付きのメイドに問いつめたらすぐに吐きましたし」

「……バドーはそれを調べてくれていたのね」

思えば、あの断罪の場で殺害未遂の容疑をはっきりと否定出来たのは、先に手を打っていたからだ。フレイランはレイチェルのために、バドーに指示を出していた。彼はそこまで考えていてくれたのだ。レイチェルが彼の想いに触れてなにも言えずにいると、バドーが小さく微笑んだ。

「フレイラン殿下の想いは本物です。すっごく分かりにくい人だと思いますけど……でも、どうか、よろしくお願いします。レイチェル様」

「……ありがとう、バドー。あなたの期待に応えられるよう頑張るわ」

「これ以上頑張らなくていいと思いますよ。レイチェル様は頑張りすぎです。頑張ることが当たり前になっていませんか？　もっと力を抜いていいと思いますよ。大抵のことは殿下がなんとかすると思いますし」

バドーの思いやりに満ちた言葉に、だけどレイチェルは首を振って答えた。誰かに命じられて励むのではない。ただ、レイチェルがそうしたいだけ。レイチェルは素直な気持ちをそのまま口にした。

「私が、彼のためにしたいの。私に出来ることは本当に少ないと思うけど……でも、なにかは出来るかもしれない。それを探し続けていきたいの。これは、私のわがままなのよ」

レイチェルが困ったように微笑むと、バドーもまたつられたように笑った。

「想い想われて、素敵なご関係ですね。末永くお幸せに！」

まるで新婚夫婦に向けるような言葉に、レイチェルは思わず頬が赤くなった。

# 第十一章　一日千秋

よく晴れた日。

レイチェルは王城の中庭でフレイランに付き添われ、手元に集中していた。レイチェルの手元には僅かな光がともるが、すぐにそれは収束してしまう。

「難しいわ……。どうしても、こう……流れていってしまう感覚があるの」

レイチェルの困ったような顔に、フレイランは彼女の手元を見て言った。

「きみは魔力が多いからな。逆に上手くまとまらないんだろう。……そうだな、手元に集めるような感覚じゃなくて、流し込むくらいの気持ちでやった方がいいかもしれない」

あれから、国王と王太子の裁判が始まった。この国の最高権力者の裁判なので、そう簡単に判決は決まらないが、王族を裁ける唯一の組織である国務国事会は既にフレイランが掌握していると言っても過言ではない。

次期管理長の座が約束されたユーリ・ランカスターの協力があるうちは、彼らが無罪になる日は来ないだろう。

あの一件から、レイチェルは魔法の勉強を始めていた。レイチェルはアロイドの婚約者になってから様々な勉学を詰め込まれたが、髪の色が理由で、魔法の実践だけは習得していない。

万が一、【魔力虚脱症】で死んでは困るからだ。

だけど、その【魔力虚脱症】もアロイドとロベルトが作り出した薬の結果によるものだと分かったので、レイチェルは魔法の勉強をすることにしたのだ。

それに、フレイランに魔力が高いと指摘されたのも理由のひとつだった。ロベルトの手記を見つけた時のように、レイチェルの魔力が彼の助けになることもあるかもしれない。

そう思ってレイチェルはフレイランに魔法の勉強を願い出たのだが――彼が用意した魔法の先生は、彼自身だった。

フレイランの忙しさは、王族の裁判が始まり多忙を極めた。元々忙しい人だったが、それに輪をかけて今は仕事の量が多い。国王の采配権は全て彼に渡されており、国を管轄する立場となったのだから、当然と言えば当然なのだが。

寝る間もないほどに忙しい彼の手を煩わせるのは気が引ける。そう思ったレイチェルだったが、それを押しとどめたのが、フレイラン本人だった。

『息抜きにはちょうどいい。ずっと執務机に張りついていては体が鈍るしな。……それに俺は、婚約者をずっと放置して仕事にかまけるほど冷たくはない』

フレイランの激務具合を知っているレイチェルはそれでも心配だったが、しかしそれ以上に嬉しかった。彼の多忙を知っているから口にはしなかったが、本当は少し、寂しかったのだ。

レイチェルはルマーニア侯爵邸にいて、用がなければ王城には向かわない。フレイランも忙しさのあまり、度々邸宅に訪れることは出来なかったし、来てもすぐになにかしら仕事の用事が入って王城に戻ってしまう。

レイチェルが魔法を覚えようとしたのも、ほんの少しでいいから、彼との話題が欲しくて、だった。だから、嬉しかったのだ。

そうして、度々時間を見つけて行われた魔法の実技だが、これがなかなか難しい。

レイチェルの魔力はかなり高いようだが、それだけにコントロールが利かないのだ。

レイチェルがフレイランの助言に従い、魔力をコントロールしているとふと、フレイランが顔を上げた。夏を過ぎて、秋に入りかかっている空は抜けるような青さだ。

「今日は日差しが強いな。そろそろ戻るか」

フレイランの言葉に、レイチェルも頷いた。そして、レイチェルはフレイランに当然のように差し出された手を取って、中庭をあとにした。

＊＊＊

彼の執務室に入ると、すぐにその奥に通される。レイチェルも最近知ったのだがこの部屋は続き部屋になっていて、執務室の奥は休憩が取れるようになっていた。もっとも、フレイラン自身その部屋を使うことは今まで滅多になかったらしい。

奥の部屋にはティーセットが用意されていた。フレイランが用意させたものだろう。レイチェルは魔力のコントロールが下手なので、普通に魔法を使う以上に魔力を消耗する。

テーブルに並べられたお菓子に、レイチェルは目を輝かせた。

「レイチェル。レーナルトの家について、きみの意見が聞きたい」

レイチェルが席に着いたのを見てから、フレイランが切り出した。

「レーナルトの……?」

レイチェルが目を瞬かせて尋ね返した。ルマーニア侯爵邸に移してから、レーナルト邸宅には足を運んでいない。妹のフェリシーとは手紙のやり取りをしているが、公爵夫妻とは連絡をとってすらいなかった。

レイチェルが不思議そうに首を傾げていると、フレイランは頷いて答えた。

「ああ。……元々、レーナルトはアロイドを推す派閥の筆頭貴族だ。そして、そのアロイドは失脚した。本来なら、なにかしら処分をする必要がある。——が、あそこにはフェリシー・レーナルトがいるだろう」

「！」

フレイランがなにを言いたいかが分かり、レイチェルは驚きに息を飲む。そして、手元の紅茶の水面に視線を落としてからフレイランに尋ねた。

「フェリシーも咎を受けるということですか?」

「血を連ねている以上はな。きみは俺の婚約者で、かつ今回の功労者だから除外としているが。フェリシー・レーナルトにはその例外を使うことは出来ない」

フレイランの言うことももっともだった。

「…………」

フェリシーに咎がいくようなことは避けたい。フェリシーにはなんの罪もないのだから。

（フェリシーを助けるためにはどうしたらいい？　私になにが出来る？）

レイチェルに出来ることは限られている。彼女の頭の中に様々な可能性と方法が駆け巡ったが、そのどれもが現実的ではない。

だけど、なにもしないままでいることはもちろん出来なかった。レイチェルはフェリシーを救うために今まで行動してきたと言っても過言ではない。出来なくても、やる。そんな思いだった。

レイチェルが黙って思考を重ねていると、ふいにフレイランが言った。

「悩む必要はないだろう？」

「え……？」

「きみは、俺の婚約者だ。俺は、婚約者の頼みを無下に断るような真似はしない」

「それは……」

つまり、レイチェルが助けてほしいと。そう言えば、フレイランは手を貸してくれるのだろうか。レイチェルのために。レイチェルは唇を震わせた。フレイランは変わらず涼し気な顔でレイチェルを見ている、が。レイチェルにはそれが、彼女の言葉を催促しているように見えた。

彼女はティーカップの取っ手を小さく握りながら言った。

「……フェリシーを、助けてくれるのですか？」

「きみが望めばな。婚約者の頼みだ。断ることは出来ないな」

ふ、と笑ってフレイランが言う。もう、レイチェルが躊躇うことはなかった。きっと、フレイランは待ってるのだ、レイチェルが言うのを。

（頼っても、いいのね）

今まで、自分ひとりでなんとかしようとしてきた。誰も頼ることなど出来ないから、彼女ひとりの力で、フェリシーを救おうと。そのためには力が必要で、まずは勉学を学んで知識を武器にしようとした。使えるものはなんでも使う気だった。

フェリシーがまた、あの悲しい未来に招かれないように。出来ることはなんでもするつもりだったし、してきた。レイチェルに出来ることは少なかったけど、それでもフェリシーだけは。悪魔に魂を売るようなことになってでも、彼女だけは救いたかった。

だけど、レイチェルは頼っていいのだ。助けてほしいと、言っていいのだ。フレイランに——彼女の恋人は、それを許してくれる。

（フェイは私の背負うものを一緒に持ってくれようとしている）

レイチェルが大切に思うものを、彼も大切にしてくれている。レイチェルを大切に思っているから。レイチェルは震える声で言った。

「フェイ。お願いです。どうか、フェリシーを助けてください」

「ああ」

あっさりと、当然のようにフレイランは答えた。

「っ……」

当たり前だと言わんばかりに答えられたその声に、レイチェルは唇を噛んだ。そうしないと、感情が零れてしまいそうだったから。

「レイチェル」

フレイランは彼女の名を呼んで、席を立つとレイチェルの隣に腰を下ろした。

そして、彼女の肩を優しく抱き寄せて、言葉を続けた。

「レーナルトの家のことだが。他の貴族の手前なんの咎めもなし、というわけにはいかない。出来たとして、家門縮小。数代は王族の監視付き、恭順を約束すること……まあ、これくらいなら周りも納得するだろう。王妃の生家が取り潰しというのも外聞が悪い」

フレイランはレイチェルの肩を抱き寄せると、そのまま彼女の髪をすいた。婚約者になってから、レイチェルは知ったことだが、彼はどうやらレイチェルの髪に触れるのが好きなようだった。それは、髪を理由に忌み嫌われていたレイチェルにとってとても嬉しいことだ。

（それに……フェイに触れられると、すごくほっとする）

まだ触れ合いにはドキドキして、感情が追いつかないけれど。彼に髪をすかれるのはとても安心して、穏やかな気持ちになれた。レイチェルはフレイランの手に逆らわず、彼の肩にそっと寄り添った。

「フェリシー・レーナルトも婚約期間を終えれば、ルミネッドの人間になる。公爵夫妻の始末はそのあとでもいいいだろう」

「始末……？」

レイチェルが顔を上げると、フレイランは少し悪い顔をしていた。そして、彼女が好む夜空のような深い蒼の瞳で笑って言う。

「きみを理不尽に苦しめた人間を、俺が許すはずがないだろう」

＊＊＊

魔法の勉強を始めて一ヶ月が過ぎた頃、レイチェルは微かに予感していた。まだ詳しく調べたわけではないが、彼女の時が戻った理由。それは、レイチェルの魔力の高さが起因しているのではないだろうか。

時を戻す魔法が存在するかどうかすらまだ調べていないが、可能性があるとしたらそれしか思いつかなかった。

（【認識阻害】の魔法を無効化した時、フェイも言っていた。恐らく私が無自覚に魔法を使っているのだって）

だとすれば、過去戻りもレイチェルが自覚しないまま魔法を使っていた可能性が高い。

時を巡ったことは、誰にも話していない。話しても到底信じられるものではないと思っているし、迂闊に口にしていいことでもないと感じていた。

（だけど……）

もし、そうだったのなら。レイチェルは未知の力を手にしていることになる。それは恐ろしいことだ、とても。

しかし、それがフェリシーを救うことになった。

フェリシーは婚約者のリアンと上手くやっているようで、リアンの女性関係の噂は最近なりを潜めた。そのことをレイチェルは喜ばしく思っていたし、フェリシーの手紙に書かれる内容の大半が彼に関わることだったから、きっとそう悪い関係ではないのだろう。

（フェリシーが楽しそうで、……幸せそうで。本当に、よかった）

あの時、夕陽の逆光に目を焼かれながらも見た彼女は、泣いていなかった。ただ、唇を引き結んで、闘技場を見渡していた。彼女はなにを探していたのだろう？　レイチェルにそれは分からないし、もう聞くことも叶わない。

レイチェルはフレイランに用意された魔術書を閉じると、小さく息を吐く。

「……やっぱり、難しいわ」

魔力のコントロールはまだまだ覚束ない。レイチェルの魔力の高さが仇となって、制御が難しいのだ。フレイランの多忙は変わらずだが、それでも彼はレイチェルのために時間を取ってくれていた。

彼は会う度に変わりはないかと彼女に尋ねてくれる。レイチェルのことを気にしてくれているのが分かって、その度にレイチェルは【好き】という感情が溢れていく。

魔術書を閉じてレイチェルがひと息ついていると、ふいにサロンに足音が響いた。

この邸宅にはレイチェル以外、使用人しかいない。なにかあったのかとレイチェルが振り向くと、そこにはここにいないはずの人が立っていた。

「フェイ……！　どうしたんですか？　お仕事は？」

「出先の帰り道だ。近かったからな、きみの顔も見たかったから寄った。……魔術書を読んでいたのか」

立ち上がりかけたレイチェルを手で制して、フレイランは彼女の隣に座る。まだ慣れない距離感に、レイチェルはその度に胸がドキドキする。フレイランは全く顔色が変わらなくて、それが少しだけ悔しい。

レイチェルは膝の上に置いたままの魔術書を見て、頷いて答えた。

「はい。まだ、全部読めてはいないのですが」

「それは本来なら数ヶ月かけて読む本だ。すぐに読むには専門の知識と、技量がいる」

フレイランは言いながら、ティースタンドへ手を伸ばした。今日のお菓子はアマレッティだ。

バーチディダーマと同じメレンゲ菓子であるそれは口当たりがいいが、レイチェルにも少し甘いくらいだった。

甘いものが苦手なフレイランならなおのこと、そう感じるだろう。あ、とレイチェルが止める間もなく、指でつままれたアマレットは彼の口に入れられた。

「…………」

そして、当然と言うべきか。フレイランはとても苦々しい顔をしていた。沈黙し、眉を寄せている。口を動かしているが、甘ったるい味が慣れないのだろう。レイチェルが慌ててメイドを呼んで飲み物をもらおうとした時。ぐっと彼女の腕が引かれた。

「……!?」

そして、触れるだけの口づけが落とされる。僅かな触れ合いに、レイチェルは息を飲んだ。

そして、いつもなら触れるだけの口づけで終わるのに、今日は少しだけ、違った。ぺろり、と唇が軽く舐められる。レイチェルは声にならない悲鳴をあげた。

「――!?」

ぱっとレイチェルが身を離す。フレイランはそれを止めることはしなかった。ただ涼しい顔で真っ赤な顔のレイチェルを見ると、ごくんとアマレットを飲み込む。言われるまでもなく、レイチェルの顔は熱く、火照っていた。

「な、なな、なにを……？」

「なに、とは？　俺はキスをしただけだが。それにしてもこの菓子、ものすごく甘いな……。こんなものよく食べられるな、きみは」

フレイランはなんてことないように言うと、すぐに苦々しそうに眉を寄せた。本当に甘かったらしい。そんな彼は微笑ましいのだが、今されたことを思えばとても微笑ましいとは思えなかった。

（な、なめ、舐められた……‼）

レイチェルはまだ混乱していて、落ち着かない。顔だけでなく耳まで真っ赤にした彼女に、フレイランがふ、と笑った。

「これくらいの触れ合いでそうまで赤くなられると、結婚してからが大変だな」

「……っ⁉」

あっさりとそう言うフレイランに、今度こそレイチェルは言葉をなくす。結婚したら夫婦がなにをするのか、淑女教育を受けたレイチェルもひと通りは知っている。

だけど、唇を触れ合わせるだけでこんなにドキドキするのだ。これ以上、となったらどうなってしまうのか分からない。

顔だけでなく耳や首まで真っ赤にさせて、硬直し言葉を失うレイチェルに、さすがにフレイランもかわいそうに思ったのか、彼はそれ以上レイチェルをからかうことはなかった。

まだ甘ったるさが口に残っているのか、変わらず眉を寄せていたが、メイドを呼び、苦めの珈琲を頼む。

そして、メイドがサロンを出ると、彼はふとレイチェルに言った。

「つい最近、気になる文献を見つけた」

「？　気になる文献、ですか？」

レイチェルが尋ね返すと、フレイランは頷いて答える。切れ長の瞳は伏せられて、なにか思考を巡らせているようだ。

「過去、かのバルサラ国王が国を治めていた当時、大規模なクーデターが起きたというのはきみも知っているだろう」

レイチェルは頷いて応える。バルサラ国王、彼はリージュ国で賢王と名高い人だ。レイチェルも過去、彼の執政を調べていたことがあった。

「彼はクーデターを見事鎮圧させた。当時、王族はもう滅びるだろうと言われまでした悪状況を見事ひっくり返した。その大きな一助となった人間に、銀髪の女がいた」

「！」

「名は残っていなかった。だが、彼女は類まれな能力を有していたそうだ。主に、魔力の方面で、な」

「もしかして……」

「バルサラ王の名に箔をつけるための嘘、という可能性ももちろんある。だが、きみの髪色とその魔力値の高さを見るとあながち嘘とも言いきれないだろう？」

フレイランは優しさを感じさせる声で、レイチェルの髪に触れた。レイチェルが虐げられる原因となった、銀髪。彼女は長年この髪を、不幸の象徴だと思い込んでいた。

だけどその髪こそが、魔力の高さを示しているのだと、彼は言う。

「……フェイは、調べてくれたんですか？　私のために？」

「婚約者が、いつまでも他の男の言葉に縛られているのは気に食わないからな。それに言っただろう。俺は、きみの髪が好きだと。きみには二度と、この髪に劣等感を持ってほしくない。綺麗な髪なのにもったいないだろう」

その声が本当に残念そうだったので、レイチェルは思わず笑ってしまった。小さく笑う彼女を見て、フレイランも僅かに優しい表情をした。

そして、彼はレイチェルの髪を指先から零すように離すと、そのまま言葉を続けた。

「王太子と国王の処遇が確定しそうだ」

「え……!?」

突然の話にレイチェルは目を白黒させた。

「……どうなるのですか？」

「予想通り、極刑になりそうだな」

「っ……」

分かってはいた。王族が追放される、その意味を。だけどその処遇が死を以て、というとやはり動揺してしまう。アロイドや国王は、更生の余地を与えられなかった。

あの時、レイチェルがアロイドに伝えたいと思った言葉の大半は彼に届かなかっただろう。それでもいつか、彼に伝わればいいとレイチェルは考えていた。それだけに苦々しい、飲み下せない感情が胸を占拠した。

そんなレイチェルに、フレイランはただ淡々と事実を告げる。

「身分を考慮して、公開処刑ではなく毒杯を飲んでもらうことになりそうだ」

「そう、なのですね……」

レイチェルはただそれだけ答える。フレイランがこうしてレイチェルに教えてくれるのは、あの日。アロイドに呼びつけられて王城のホールで断罪されそうになったあと。フレイランの執務室でレイチェルが願ったからだろう。

少しでいいから、教えてほしい、と。なにも知らされないのは嫌だと、彼女が言ったからだ。だからフレイランは、教えられる範囲で彼女に情報を伝えてくれる。それがレイチェルは嬉しかったから――この話を聞いても、動揺を表さないように努めた。

そんな彼女に、フレイランはふと、思い出すような声で続けた。

「俺は、国王はともかくアロイドが極刑となってよかったと思っている」

「……？」

（国王はともかく？）

フレイランは確かに、アロイドと折り合いが悪かった。だけどそこまで死を望むほど嫌っていたのだろうか。彼の母親、エリーゼ妃はアロイドの手によって死へ追いやられている。だから、その報復と言われれば納得がいくが、フレイランはそこまでアロイドを恨んでいたのだろうか……？　普段の彼の様子を思い返すと、少し違和感がある。レイチェルがフレイランを見ていると、彼はちらりと彼女を見た。

「あいつが、きみを婚約者にした理由はなんだと思う？」

「え……？」

「公爵に軟禁されて、なんの教養も知識もない娘を婚約者に据えるのは、あいつの性格から考えてありえない。きみを一人前の淑女に育てるためにはそれなりの時間と金を使うからな。ただでさえ金遣いが荒く、王族費が足らないと文句を言う男だ。見栄を張るためならともかく……手間がかかるだけの無駄金は払わない」

「そう、ですね。私になにか利用価値があったのでしょうか」

言われてみればその通りだ。あの時は、アロイドの婚約者になるために、婚約者になってからは相応しくあれるように必死でそこまで考えていなかった。

レイチェルが知るアロイドの情報は少ないが、それでもフレイランの言った通り、彼は面倒事を嫌う性格をしているように思えた。

（だとしたら、どうして……？）

レイチェルはアロイドと初めて対面した日のことを思い出した。彼はレイチェルの体がみすぼらしいことを笑い――そして。

（そうだわ。確か、髪……）

レイチェルの髪に触れていたはずだ。銀髪なのに死なないのは珍しい、と。彼はそう言っていた。ふと思い当たることがあって顔を上げる。フレイランは変わらず力強い瞳で彼女を見ていた。

「私が、銀髪だから？　……研究に役立てようとしていた？」

考えすぎかもしれない。だけど、それしか思いつかなかった。

銀髪だから興味が湧いた。

しかし、それだけだと理由が弱い。

なにせ、アロイドはレイチェルが婚約者になっても全く顔を見せなかったし、顔を合わせてもとにかくフレイランをこき下ろすことだけしか考えていないようだった。レイチェル自身にはあまり、興味はなかったのだろう。だとしたら、理由はひとつしか考えられなかった。

レイチェルの言葉に、フレイランは長いまつ毛を伏せて答えた。

「そうだろうな。あれは、違法薬物を摂取することなく色素の薄いきみを、どうにか研究に使おうと思ったのだろう。それか、なんらかの罪を押しつけて表舞台を去らせたあと、他国に売り払うか——どちらにしても、きみを利用する予定だった」

「私を……」

レイチェルは茫然と呟いた。酷いことをされそうだったと分かっても、いまいち実感がないのは今、全てが片付き状況が落ち着いているからだろうか。

(ううん、違うわ)

きっと、あまりにも実感が湧かないからだ。

——色素の薄い、つまり肌の白い女は高値で売られる傾向がある。

以前フレイランが言った言葉が思い出された。アロイドは元からレイチェルを実験素材にするためか、あるいは売り払うため——最悪、そのどちらも行う予定で婚約者にしたのだとしたら。

「……きみは、アロイドに、他者を同じ人間とは思っていない、だから良心の呵責がないのだと、そう言ったな」

「！　……はい。言いました」

「あれは確かにそうだと思った。アロイドに限らない、父も、俺も。そして、貴族にも同じ考えのやつは多くいる」

「フェイは違います」

自分も同じだと言ったフレイランに、しかしレイチェルははっきりと答えた。

「フェイは、確かに他人への気遣いに長けている方だとは思いません。だけど、だからと言って全てを切り捨てているわけでもない。なにより、もしあなたがそんな方だったら、バドーや部下の方は、あんなにあなたを慕いません」

「バドーはともかく、俺を慕う人間はそんなにいない。他人を人間ではない、と思ったことはないが——駒として、使える道具として見ることはよくある」

「……執政者として、人を動かす立場として、その人間をどこに配置するのか考えるのは当然のことだと思います。あなたとアロイド殿下には、大きな違いがひとつあります」

フレイランが視線で言葉の続きを促す。レイチェルは彼の瞳が好きだ。夜の海のような深い青。不思議な、力強さを感じさせるその瞳を見ていると、自然背筋が伸びる。レイチェルは彼の瞳を真っ直ぐに見据えて言った。

「アロイド殿下は他人の感情を知ろうとしなかった。知る必要がないと、切り捨てていた。でも、フェイは違うでしょう？　必要だと感じたら、誰がなにを感じてなにを思っているのか、知ろうとする。あなたは、私を調べて、フェリシーを知った。たとえそれが、私に取引を持ちかけるためだったとしても、それでも知ろうとすることと、知ることすら放棄することには大きな隔たりがあると私は思います」

レイチェルは丁寧に、自分の気持ちが伝わるように言葉を選びとってフレイランに伝えた。

彼はレイチェルの言葉を聞いて難しそうな顔をしていたが、やがて理解することを諦めたのかため息をついた。

「きみは随分俺を買ってくれているようだな。ただ、必要に駆られただけ。不必要だと感じたら、俺はそれらの全てを切り捨てる。それでもあれとは違うと？」

「フェイが冷たいかどうか、という話だったらきっと冷たいんだと思います。でもそれは、王者として必要な冷酷さ、なのだと私は感じています。優しいだけでは人を、国を統治することは出来ない。ごめんなさい。私がそう思うだけで、これが正解かとかは分からないの」

「そもそも正答など決まってない。それこそ人の数だけ答えが生まれる」

フレイランはそう言うと、ぽつりと彼女に言った。

「アロイドは既に失脚した。敬称は不要だ」

「……はい」

ふと、レイチェルの手を、フレイランが強く握った。

「俺が、アロイドの極刑を望むのはただの私情だ。だが……俺が動くことなく、処遇は確定しそうだな」

（動くこと、なく……）

レイチェルは彼の言葉から、もしアロイドが減刑されるようならなにかしら手を回すつもりだったのだと知った。それもきっと、レイチェルのために。彼は、レイチェル以上に彼女のことを考えてくれている。それが、息が詰まるくらい嬉しい。

レイチェルは彼に握られていた手を返して、手のひら同士が触れるようにすると、その指先に自分の指を絡めた。

そして、きゅ、と小さく力を込めて言う。

「……ありがとうございます。フェイ。あなたは私以上に私を大切にしてくれている。私も、そんなあなたを大切にしたい」

レイチェルは自分の気持ち全てが、彼に伝わるように最大限の言葉で想いを綴った。

フレイランはレイチェルの言葉に少し驚いたようだったが、やがて笑みを浮かべる。レイチェルが握った手に、優しく力が込められる。

「ああ」

フレイランはそっと、彼女の額に口づけを落とした。レイチェルは大切にしよう、と思った。自分以上に彼女を大切にしてくれる、想ってくれるフレイランのことを。

「……気になっていたのですが」

「ん?」

レイチェルは繋がれた手をそのままに、頬に熱を感じながらそっとフレイランを見た。自分を見る柔らかい眼差しが、嬉しくもくすぐったい。

（この幸福を当たり前と思わないように、大切にしていこう）

「フェイは、私のことを【きみ】と呼びますよね？」

「？　ああ、そうだな」

それがどうかしたか、と言うようにフレイランが答えてみせる。

「以前は、【お前】って呼んでいませんでしたか？」

「……………」

フレイランは、レイチェルが何を言いたいのかようやく理解したのだろう。それを改めて尋ねるのはなんだか気恥ずかしい気持ちだったが、どうしても気になってしまった。

そして、尋ねるなら今だ、とレイチェルは思ったのだ。レイチェルがじっとフレイランを見つめると、彼は抜けるような青空を見つめながらぽつりと答えた。

「きみは、俺の大事なひとだからな。臣下ではない」

「……？」

「俺は普段、臣下に対しては【お前】と呼んでいる。バドーに対してもそうだな。意図して呼び方に区別をつけていたわけではないが、改めて考えると――きみも、出会った当初はアロイドの婚約者で」

ふと、フフレイランの言葉が途切れる。不思議に思ったレイチェルが首を傾げると、その時。

唇に柔らかな感触が一瞬、触れた。

「……！」

「──言葉だけでも、あいつの婚約者だった事実は腹立たしいものだな。出会った時、きみは間違いなく俺にとっては一貴族の娘に過ぎず、それ以上でもそれ以下でもなかった」

「でも、今は違う……？」

頬を赤く染めながら、レイチェルは指先で唇に触れた。先程触れたばかりの唇は、今も尚、熱を持っているように感じた。照れが勝って視線が揺れるレイチェルに、フレイランが優しく笑った。

（あ……その笑い方）

穏やかな笑みに、向けられた視線に。レイチェルへの感情が伝わってくる。フレイランはレイチェルの髪の先に指を絡めながら、言った。

「そうだな。きみが──いや。いつから、なんて考えたところで仕方ない。気がついた時から、きみは俺にとって【臣下】ではなくなっていた」

「私も。いつから、なんて考えたところで答えはきっと出ません。最初からだったのかもしれないし、最初にあった感情が今の気持ちに昇華したのかもしれない。だけど、それを言うのはやめておきます。だって私は、あなたと出会った時は【違う方の婚約者】だったわけですから」

少しだけ茶目っ気を混ぜたような笑みをのせてレイチェルが笑いかけると、つられてフレイランも笑った。フレイランの手が髪を滑り、レイチェルの肩に触れ。そしてレイチェルの首の後ろに回る。自然な流れにレイチェルも身を任せた。

三度目のキスは先程よりも長くて、熱を感じた。

唇を離して、レイチェルが吐息を零す。頬の赤みは引くどころか、ますます酷くなっているように感じた。

「きみも言うようになったな。いつまで経ってもキスには慣れず、初心なままだと思っていたが……多少は慣れてきたか？」

「っ……。どうでしょう？　婚約者が、どうも手馴れているようなので……私も感化されてしまったのかもしれません」

「へえ？」

フレイランは挑戦的に答え、瞳を細めてレイチェルを見た。見つめられている。射るような視線だ。視線を逸らすことを許さない、力強い、ひとを絡めとるような、そんな瞳。

だけどレイチェルも負けじとフレイランを見つめ返した。

それにまた、フレイランがふ、と笑う。

「誤解しているようだが、こういうことについても、俺はきみ以外に経験がない」

こういうこと、と言いながらフレイランはレイチェルの唇を指先で触れた。

「……本当ですか？」

「俺が信じられないか？」

「にわかには信じられません」

じとりとした目でレイチェルはフレイランを見た。レイチェルがどきどきするのと同じくらい、フレイランもこの胸の奥に抱える熱を知っていてくれたらいい。そう思っていた。

だけど、フレイランが初めて口付けをしたのがレイチェルだというのは、どうにも信じにくい。正直に疑心をあらわにしながらフレイランを見る。

「どちらにせよ、今後俺が触れる女はきみだけだ。それには変わりない」

「……誤魔化しました？」

「ないことを証明するのは難しい。悪魔の証明だな。それともきみは、俺の身が潔白であることの証明が欲しいのか？」

「フェイは……いじわるだわ。私に答えられるのは、あなたを信じる。その一択なのに」

フレイランが手馴れていることにすこしだけ、ほんの少しだけ。気になっていたのは事実だが、そこまで突き止めようとは思わない。

だけどフレイランのその言い方はすこしずるくて、レイチェルはむくれた。

「きみの信頼を損ねないようにしないとな。そうでないと、見切りをつけられてしまう」

「私が？　フェイに、ですか？」

「きみは、二心を抱く男は嫌いだろう」

その一言でじゅうぶんだった。

フレイランはレイチェルに嫌われたくない。だから、レイチェルからの想いを維持できるように努力する——。つまりは、そういうことだ。

「ふふっ」

思わずレイチェルがくすくすと笑うと、フレイランが言った。

「むくれたかと思えば、すぐに笑う。きみは目が離せないな。表情がすぐ変わる。まるで空だな」

「空？」

思わぬ例えにレイチェルがフレイランを見ると、彼はそれには答えずに上着を脱いでレイチェルの肩にかけた。

「……風が出てきたな。室内に戻るぞ」

「え？　あっ。待ってください」

先に歩き出してしまったフレイランを追って、レイチェルも魔術書を手にその背を追う。

初秋の、夏の暑さがまだ残る日のことだった。


〈完〉

# あとがき

お世話になってます、ごろごろみかん。です。

ベリーズファンタジーでは五冊目となる本作、お楽しみいただけましたでしょうか。

私はベリーズファンタジーから商業デビューさせていただいたのですが、商業デビューから約二年半が経過すると思うと、時の流れの速さに目眩がする思いです。

それはそうと、二〇二三年。三九度近い熱を出し、インフルもコロナも陰性、ただの風邪だったんですがその治りかけにコロナに感染し、私のGWは自宅療養で終わりました。皆様もお身体にはお気をつけください。

三ヶ月に一回は体調崩してる気がするので、いい加減どうにかしなければと危機感を抱いております……。

さて、本作ですがテーマは姉妹愛でした。こんな妹がいたらいいな！　の考えで生まれたキャラクター、フェリシー。可愛くてお気に入りです。

そしてフレイラン。今まで色々な作品を書いてきましたが初めて書くタイプのヒーローです。長髪っていいですよね！　キスする時に身長差でヒーローの髪がヒロインにかかるのがとても好きです。これが長髪のいいところ。完全に私の趣味です。

そしてまた泣きボクロです。大好きです、泣きボクロあるキャラクター。色気が増しますよね。

イラストは藤村(ふじむら)ゆかこ先生に描いていただいたのですが、どれも挿絵がとても綺麗！　特にフレイランとレイチェルの髪を結うところと、フェリシーとレイチェルのシーンが好きです。正直アロイドの顔も好みです。中身はクズですが……。挿絵のクズっぽい顔もとても良くて、あ〜好き〜となりました。乙女ゲーにいそうな顔してますね、アロイド。こんなクズは攻略したくありませんが。

体調不良で担当さんには大変ご迷惑をおかけしました……！　無事発売日を迎えられるのも担当さんのご尽力あってです。ありがとうございました。

結びとなりますが、本作をお手に取っていただきありがとうございました！　またどこかでご機会あれば嬉しいです。

ごろごろみかん。

クズ殿下、断罪される覚悟はよろしいですか？
～大切な妹を傷つけたあなたには、倍にしてお返しいたします～
【極上の大逆転シリーズ】

2023年9月5日　初版第1刷発行

著　者　ごろごろみかん。



発行人　菊地修一

発行所　スターツ出版株式会社

〒104-0031　東京都中央区京橋1-3-1　八重洲口大栄ビル７F
☎出版マーケティンググループ　03-6202-0386
（ご注文等に関するお問い合わせ）

https://starts-pub.jp/

印刷所　大日本印刷株式会社

ISBN　978-4-8137-9262-8　C0093　Printed in Japan



［ごろごろみかん。先生へのファンレター宛先］
〒104-0031　東京都中央区京橋1-3-1　八重洲口大栄ビル７F
スターツ出版（株）　書籍編集部気付　ごろごろみかん。先生

BF Sweet
ベリーズファンタジー
スイート

**ワクキュン！　心ときめく**

# ベリーズファンタジースイート

**溺愛が駄々洩れで…!?**

定価:1430円（本体1300円＋税10%）　ISBN 978-4-8137-9225-3